蔦屋重三郎事件帖㊀

江戸の出版王

鈴木英治

時代小説文庫

角川春樹事務所

目次

蔦屋重三郎事件帖◇一

江戸の出版王

第一章

一

風が吹き寄せてきた。

しかし、前を行く中間《ちゅうげん》の忠吉《ちゅうきち》が持つ提灯《ちょうちん》はほとんど揺れず、平沢平格《ひらさわへいかく》の袴《はかま》の裾《すそ》もめくれ上がらなかった。

草むらで、か細く鳴く虫たちの音色もどこか重たげに耳に届く。

いま平格たちを追い越していったばかりの駕籠《かご》かきのかけ声も、元気さに乏しいようだ。

日本堤《にほんづつみ》を歩きつつ、平格は心中で首をひねった。

――今宵《こよい》は闇《やみ》が、邪悪な衣をまとっているかのようだな。なにか、いやなことが起きなければよいが……。

すでに暮れ六つを過ぎ、すっかり暗くなっている。

「どうかしたのか」

不意に、横を歩く倉橋寿平《くらはしじゅへい》が問いかけてきた。

寿平の中間の梅吉《うめきち》が振り向き、提灯を手に主人をちらりと見やる。自分に話しかけられたのではないと悟ったようで、すぐに前を向いた。

「月成《つきなり》さん、なにか気がかりでもあるのか。浮かぬ顔をしているようだが」

寿平は平格のことを、いつも俳号で呼ぶ。これは、平格や寿平が世話になっている版元の蔦屋重三郎《つたやじゅうざぶろう》に倣《なら》っているのだ。

「さすがに寿平だな。気づいたか」

小さく笑んだ平格は寿平に顔を向け、うなずいてみせた。

「なにやら胸騒ぎを覚えておるのだ」

「ほう、胸騒ぎとな。こんなによい晩なのに、なにゆえだろう」

寿平のいう通り、大気がひどく重く感じられる以外、晩秋の長月《ながつき》の割には暖かく、とても過ごしやすいのだ。

ただし、平格はうなじがひんやりとしている。

「風邪《かぜ》を引いたのかもしれぬ」

眉根《まゆね》を寄せて平格はいった。

「月成さん、熱でもあるのか」

「首のあたりが、すーすーしておる」

「それなら、まことに風邪かもしれぬな。だが、月成さんが風邪を引くなど珍しいこともあるものだ」

まったくだ、と平格は思った。

剣で鍛えていることもあり、身体は頑健そのものである。風邪など、最後に引いたのがいつか思い出せないくらいだ。

「もし風邪でないとしたら、なにか前触れでも感じているのかな」

寿平にいわれ、うむ、と平格は顎《あご》を引いた。

「おぬしと二人、吉原《よしわら》で楽しく遊んできたばかりなのに、なにゆえこんな心持ちになるのか、さっぱりわからぬのだが……」

「気のせいということはないのか」

「だとよいのだが」

「月成さんは剣の達人だ。その月成さんが胸騒ぎがするというのなら、気のせいとはさすがにいい難いか。ふむ、ちと気になるな」

居心地悪そうに身じろぎし、寿平があたりを見回す。

平格も付近を見やった。

すっぽりと闇に覆われている日本堤は、いつもと変わらぬ風情《ふぜい》を見せている。吉原から帰る者、これから赴《おもむ》く者たちの提灯が行きかい、互いの肩がぶつからんばかりの賑《にぎ》わいである。

その中で、平格を注視している者は、一人もいないように思えた。

――俺を狙《ねら》うような者が、この世にいるはずがないものな。

黄表紙《きびょうし》作家として名を馳《は》せているものの、自分は平凡な男でしかない。人からうらみを買うことなく、これまで実直に生きてきたのである。

それでも、あと二町ほどに迫っている山谷堀《さんやぼり》まで、いつでも腰の刀を引き抜けるよう気を配って歩くことに平格は決めた。用心に越したことはない。

えっほ、えっほ、と提灯をわずかに揺らしながら、辻《つじ》駕籠が向こうからやってきた。平格たちの横を通り過ぎようとした瞬間、おっ、と駕籠の中から声が上がった。

「朋誠堂《ほうせいどう》さん、恋川《こいかわ》さん」

いきなり甲高い声に呼びかけられて、平格と寿平は立ち止まった。

朋誠堂喜三二《きさんじ》と恋川春町《はるまち》というのが、平格と寿平のそれぞれの筆名である。

「止めてくれ」

客が駕籠かきに命じた。すぐに駕籠が止まり、地面に下ろされる。

駕籠の筵《むしろ》がばさりと音を立てて上がり、一人の男が顔をのぞかせた。

「おお、源内《げんない》さん」

駕籠の中から平格たちに、笑いかけているのは平賀《ひらが》源内である。

「お久しぶりです。これから吉原ですか」

駕籠に近づき、平格はたずねた。

「さよう」

役者のような切れ長の目を細めて、源内がうなずく。すぐに駕籠から出てきた。

目の前に立った源内を見て、平格は少しまぶしさを覚えた。

平賀源内という男は決して大柄ではないが、人を圧するものを持っている。後光を背負っているかのような男で、江戸一といってよい博学多才ぶりを誇っているのだ。

この男に会うたび、かなわぬな、という思いを平格は味わう。

なにしろ源内は、エレキテルを復元し、鉱山開発を行い、戯作《げさく》を書き、蘭画《らんが》を指導し、新薬を開発するなど、その仕事ぶりは多岐にわたっているのだ。ほかにも諸国の産品の物産会を催したりと、才のひらめきは計り知れないものがある。

――しかし、源内さんが吉原に行かれるとはな……。

平格は内心、意外な気持ちを抱いた。

「朋誠堂さん、わしが吉原へ行くとは、思いもかけぬことのようだな」

平格の表情の変化を見抜いたらしく、源内が柔和な顔を崩さずにいった。

「ええ、その通りです」

ごまかすことなく、平格は認めた。

源内は男色家で、吉原の女たちに関心はないはずなのだ。

男を買える陰間《かげま》茶屋は、湯島天神《ゆしまてんじん》門前町や日本橋芳町《よしちょう》に数多くある。

その縁から、源内が主催した諸国の物産会も湯島で行われたと平格は聞いた。

平格を見つめて、源内がにこりとする。

「わしだって、たまには吉原に行くこともあるさ。朋誠堂さんと恋川さんは、もうお帰りなのか」

「ええ、昼間から存分に楽しんでまいりましたよ」

平格はにこやかに答えた。横で寿平もうなずいている。

「それはよかった」

うなずきを返した源内がすぐに表情を引き締めた。

「しかし朋誠堂さん、恋川さん。今宵はどうにも闇が重く感じられてならぬゆえ、気をつけたほうがよいかもしれぬな」

うなるような口調で源内が告げた。

目をみはって平格は源内を見つめた。

――ほう、源内さんも同じ心持ちだったか。

「源内さん、胸騒ぎでもするのですか」

すかさずきいたのは寿平である。

「さよう」

唾《つば》を飲み込んで源内が顔をしかめる。

「気をつけたほうがよいといっても、なにが起きるものなのか、わしにもわからぬ。

――今宵は、わしもできれば他出したくなかった。しかし、人と会う約束があるゆえ
……」

それで仕方なく吉原に行かれるのだな、と平格は察した。

「源内さん、どなたと約束されているのですか」

無邪気な声音で寿平がたずねる。

「各務久左衛門《かがみきゅうざえもん》どのだ」

間髪容《い》れずに源内が答えた。

各務久左衛門どのといえば、と平格は思った。老中田沼意次《たぬまおきつぐ》の懐刀《ふところがたな》といってよい

人物だ。田沼家の家老をつとめており、剣の達人との評もある。

面会の約束をしている相手が公儀の要人だといっても、そのことを隠し立てするつもりは、源内には一切ないようだ。源内がまっすぐに生きている、なによりの証《あかし》であろう。

「さようですか。田沼さまの……」

納得したように寿平がいった。

田沼意次は株仲間を公認して冥加金《みようがきん》を幕府に納めさせ、商人に専売という特権を与えて運上金を徴している。

ほかにも、五匁銀《ごもんめぎん》や南鐐二朱銀《なんりようにしゆぎん》という新貨の発行を行うなど、老中として公儀の台所を潤すための政策をとっている。

公儀が豊かになれば景気がよくなり、庶民もその恩恵にあずかれるはずだという思いが意次にはあるようだ。

実際、今の世は意次の読み通りに動いている。景気がよく、江戸中に笑顔があふれているのだ。

平格から見ても、今の江戸の天地は光り輝いている感じさえする。

おかげで黄表紙の売れ行きも、すこぶる好調である。

今の世がずっと続いてくれたら、と平格は願っている。

――だが、そううまくはいくまいな。今日と同じ明日が、永遠《とわ》に続くことはあり得ぬ。

おや、と平格はふと気づいて駕籠の向こう側に目を向けた。

「そこにいるのは福助《ふくすけ》ではないか」

今まで気づかなかった。いくら駕籠の陰に隠れるようにしていたといっても、これはどういうことか、と平格はいぶかしんだ。

――もしや福助の影が薄いということか。

「こんばんは、朋誠堂さま、恋川さま」

駕籠の向こう側から、おずおずという感じで顔を見せたのは、源内の小者《こもの》をつとめる福助である。

「福助、そんなところにおっては、おぬしの色白の顔が見られぬではないか」

平格がからかうようにいうと、福助がぺこりと頭を下げた。

「申し訳ありません」

「いや、別に謝るようなことではない。福助、息災そうでなによりだ」

「はい、ありがとうございます」

よく通る声でいって福助が深々と辞儀する。

——ふむ、この声の張りなら、なんということもないか。

胸のうちで平格はうなずき、安堵《あんど》の息を漏らした。

「朋誠堂さまも恋川さまもご壮健そうで、手前はとてもうれしく思います」

福助は、平格が仕える佐竹《さたけ》家の本領、出羽久保田《でわくぼた》の出身である。

二十歳《はたち》を超えているが、小柄な体つきの上に端整な顔立ちをしており、まだ前髪を落としていないこともあって、少年の面影を色濃く残している。

以前は、佐竹家の御用商人である松坂屋《まつざかや》の丁稚《でっち》として久保田城下で働いていた。それが五年前の安永《あんえい》二年（一七七三）、久保田城主佐竹義敦《よしあつ》に招かれて鉱山開発のために領内にやってきた源内が、福助に一目惚《ひとめぼ》れしたのである。

源内が松坂屋に是非ともにと身請けを願い、福助は源内と一緒に江戸にやってきたのだ。今も源内の寵愛《ちょうあい》は変わらず深いと聞く。

「では朋誠堂さん、恋川さん、わしはこれで失礼する。各務さんを待たせるわけにいかぬゆえ」

少し厳《いか》めしい顔になって、源内がいった。

「源内さん、思いもかけずお目にかかれて、とてもうれしかったですよ」

笑みを浮かべて平格は告げた。本心である。

「わしもだよ。朋誠堂さん、恋川さん、またお目にかかろう」

低頭した源内が駕籠に戻る。座り込み、笑顔で平格たちを見上げる。

「では、下ろしますよ」

源内に断って福助が筵を手にする。

ばさりという音とともに、源内の顔が平格の視野から消えた。

待ちかねたように駕籠かきが、行きますよ、といった。

「では、失礼いたします」

平格と寿平に、福助が丁寧に頭を下げる。

「福助、また会おう」

はい、と福助が笑顔でうなずいた。

その笑顔が儚《はかな》げに見えて、平格はどきりとした。

駕籠が宙に浮き、動きはじめた。えっほ、えっほとのかけ声とともに遠ざかっていく。

あっ、と平格は心中で声を上げた。駕籠の横についている福助の姿が、闇にかき抱かれるように真っ先に見えなくなったからだ。

――もしや今宵、福助の身になにか起きるのではなかろうか。

咄嗟《とつさ》に平格は走り出し、駕籠を追いかけた。すぐに福助の姿が見えた。

「福助」

駆けつつ平格は声を抑えて呼びかけた。

「朋誠堂さま、どうかされましたか」

驚いて立ち止まった福助が、駆け寄ってきた平格にたずねる。後棒がちらりと福助を見たが、駕籠はそのまま動いていく。

福助になんといえばよいか、平格はすぐには言葉が浮かばなかった。

「福助、今宵は決して用心を怠らぬようにすることだ」

「えっ」

案の定というべきか、福助が戸惑いの顔を見せる。

「俺がなにをいっているのか、わけがわからぬだろうが、福助、とにかく身辺に気を配ってくれ」

福助をじっと見て平格はいった。

「は、はい。わかりました」

当惑を露《あら》わにしつつも福助がうなずいた。

ふと、平格の背後から足音が聞こえた。見ると、忠吉があわてて平格のもとにやってきたところだった。

「殿さま、どうされたのですか」

提灯を揺らして忠吉がきいてきた。

「いや、なんでもないのだ。――では福助、これで失礼する」

福助に向かって会釈し、平格はさっと身をひるがえした。

「月成さん、いったいどうしたというのだ」

その場で平格を待っていた寿平が問うてきた。寿平の背後に控える梅吉も案じ顔をしている。

「いや、どうにも福助の影が薄いように思えてな」

「えっ、なにっ。そうだったのか」

びっくりして寿平が福助のほうを見やる。

平格も顔を向けたが、すでに福助の姿は闇に紛れて見えなくなっていた。

「俺はなにも感じなかったが、月成さんは、そのことを福助に伝えに行ったのか」

そうだ、と平格は顎を引いた。

「福助には、今宵は身辺に注意するようにいった」

「福助はなんと答えた」

「わかりましたとはいったが、困ったような顔をしておった」

「まあ、そうだろうな」

唇を噛《か》み締めて寿平がいった。

「いきなり身辺に注意するようにいわれても、どうしようもなかろう」

「妙なことをいって、福助にいらぬ心配をさせるだけだったかな。いわぬほうがよかったろうか」

いや、といって寿平が首を振った。

「それでも、いったほうがいいような気がするな。いっておけば、福助は足下の小石一つにも注意するだろう。さすれば、未然になにか防げるかもしれぬではないか」

そうかもしれぬ、と平格は思った。

「ならば、福助にいったことは無駄ではなかったかな」

「決して無駄にはなるまいよ」

それを聞いて平格の心は軽くなった。

「寿平はいつもいいことをいってくれるな。まことにかたじけない。この通りだ」

平格は深く頭を下げた。

「月成さん、顔を上げてくれ。礼をいわれるほどのことではないぞ」

いわれた通りにした平格は、寿平と肩を並べて日本堤を歩き出した。

「月成さん、福助の身になにも起きなければよいな」

真情を感じさせる声で寿平がいった。

「ないことを願うしか、できることはなかろう。それが俺には辛《つら》い」

うむ、といった寿平がすぐに続けた。

「それにしても、源内さんも月成さんと同じく、なにやら胸騒ぎを覚えていらしたのだな。俺はまったく感じぬが、それは福助のことだったのかな」

いや、と平格はかぶりを振った。

「福助のことは、今宵の闇の重さとは関係ないような気がする」

「えっ、そうなのか。では、今宵いったいなにが起きるのだろう」

口を閉じるや、寒気を感じたかのように寿平が身を震わせた。

「寿平、なにがあるかわからぬが、とにかく気をつけることにしよう」

山谷堀までの残りの道を、平格は気を張って歩くことに決めた。

「だが月成さん、物書きとしては、なにが起きるのか、わくわくせぬか」

その言葉を聞いて、ふふ、と平格は笑った。

「寿平は相変わらずたくましいな」

「物書きたる者、どのような不幸ごとでも題材にできるだけの胆力を養っておかねばならぬのではないか」

「寿平のように俺もなりたいものだ」

「なにをいっておる。月成さんの肝の太さは、俺とは比べものにならぬではないか」

「いや、俺は小心者だ。寿平のほうが肝はずっと太い」

「そんなことはなかろう」

否定した寿平が、いったん言葉を切った。

「それはともかくとして、月成さん、まさか日本堤で源内さんに会うとは、思ってもいなかったな」

「まったくだ。源内さんに会うのは、いつ以来だろう」

「半年ぶりくらいではないかな」

「ふむ、そのくらいになるか」

歩きつつ平格は相槌《あいづち》を打った。寿平が軽く首をひねる。

「滅多に行かぬ吉原に源内さんをわざわざ呼び出すとは、田沼さまの懐刀は、いったいどんな用件なのだろうな」

「源内さんから、なにか助言を受けたいのかもしれぬが……」

寿平は大名家の留守居役《るすいやく》だけに、各務久左衛門の用件に心を引かれている様子だ。

正直、平格のほうはさして関心もない。自分は佐竹家の江戸詰の家臣ではあるが、刀番に過ぎないのだ。天下の政《まつりごと》についてあれこれいえる立場にないし、そのことが仕事につながってくることもない。

――なにか政に注文をつけたいのであれば、黄表紙の中でいえばよい。

平格はそう思っている。

二

なにごともなく山谷堀に着いた。

潮のにおいが濃くなり、多くの舟がもやわれているのが目に飛び込んできた。

山谷堀まで来れば、大川はもう目と鼻の先である。

馴染《なじ》みの船宿である斎賀屋《さいかや》は、山谷堀の東の端にある。

斎賀屋を目指して平格たちはさらに歩いた。

「月成さん――」

寿平がことさら明るく呼びかけてきた。

「物書きたる者、こうして歩くのはとてもよいことではないか」

「うむ、俺もそう思う」

すぐさま平格は同意した。

「歩いていると、いろいろとひらめくことが多いものな」

「その通りだ」

我が意を得たりといわんばかりに、寿平が大きく顎を引いた。

「いったいどのような仕組みになっているのかわからぬが、歩いて気分を換えると、それまで悩んでいたことが殻を破るように、すらすらと書き進められるようになったりするからな」

うむ、と平格はうなずいた。

「寿平のいう通りだ。玄白《げんぱく》先生にきけば、どんな仕組みになっているか、教えてもらえるかな」

杉田《すぎた》玄白といえば、四年前の安永三年（一七七四）に前野良沢《まえのりょうたく》、中川淳庵《なかがわじゅんあん》とともに『解体新書《かいたいしんしょ》』を刊行した医者である。玄白は源内の親友で、その縁もあって平格たちとも付き合いがある。

「ああ、それはよい手だな」

寿平がうれしげな声を上げた。

「玄白先生は蘭方医《らんぽうい》だからな。なるほど、仕組みをご存じかもしれぬ」

「今度、玄白先生に会ったら、きいてみることにしよう」

「それがよかろうな。——それにしても月成さん」

またも呼びかけて寿平が顔を向けてきた。

「俺たちは互いに物書きだが、こうして気持ちを分かち合えるのは、とても素晴らしいことだな」

「まことに得がたきことだと思う」

間髪容れずに平格が首肯すると、寿平が破顔した。

その笑顔を目の当《ま》たりにして、平格も心弾《はず》むものを覚えた。

平格は、寿平のことを無二の親友だと思っている。

——あれは何年前になるのか、寿平と引き合わせてくれた鱗形屋《うろこがたや》さんに心から感謝だな。

先ほどまで気を張って歩いていたことなど、平格はすっかり忘れた。

道の左側に、慶養寺《けいようじ》の広大な境内《けいだい》が広がっている。

昼間なら低い塀越しに境内を眺められるはずだが、今は暗すぎて、巨木の影が空に浮いているだけだ。

線香のにおいが漂っている。船宿の灯火がいくつも見えているものの、どういう加減なのか、今はあたりの人通りが極端に少なくなっていた。

闇がさらに深くなったのを平格は感じた。体を締めつけられるような気分になってくる。

——なんだ、これは。

歩を運びつつ、平格は考えた。

——誰か、俺を狙っている者がいるのか。

目が自然に動いた。平格の瞳《ひとみ》が、慶養寺の塀沿いに立つ松の巨木を捉《とら》える。

むっ、と平格の口から声が漏れ出た。

「忠吉、待て」

平格の足下を提灯で照らしながら歩いている忠吉が足を止め、なにごとかというように平格を見た。

寿平も梅吉も立ち止まった。寿平がいぶかしげに平格を見つめる。

「月成さん、どうかしたのか」

口をきくなというように、平格は自らの唇に人さし指を立ててみせた。

寿平が黙り込み、平格が目を向けている松の木のほうを見やる。

「寿平、忠吉、梅吉、しばしのあいだ下がっておれ」

二人の中間は、素直に自分の背後に控えた。

しかし、好奇心が強い寿平はほとんどその場を動こうとしない。いったいなにが起きるのか、おのが目で見届けてやろうという気でいるようだ。

――まったくこやつは、物書きそのものだな。

平格は苦笑せざるを得ない。

――仕方ない。俺が気をつければ、寿平に怪我《けが》をさせるようなことにはなるまい。

腰を落とし、鯉口《こいぐち》を切って平格は寿平をかばうように前に出た。

松の木まであと半間まで迫った瞬間、松の陰から人影が飛び出してきた。

闇の中、ぎらりと邪悪な一筋の光が躍ったのは、何者とも知れぬ者がすでに抜刀しているからだろう。

――やはりひそんでおったか。

狼藉《ろうぜき》を仕掛けてきた者は平格に的を定め、無言で斬《き》りかかってきた。

刀を引き抜くや、平格は峰に返した。狼藉者は袈裟懸《けさが》けに刀を振るってきた。平格は刀を下から振り上げていった。

がきん、と音がし、闇に火花が散った。強烈な手応《てごた》えが伝わり、腕がしびれた平格はわずかに顔をしかめた。

狼藉者は、ざざっと土煙を立てて下がり、平格と一間ばかりの間合を置いた。すぐには斬りかかってこなかったのは、平格と同じように手がしびれたためではないか。

平格の愛刀は、松崎石見《まつざきいわみ》という五十年ばかり前にこの世を去った刀工が打ったものだ。松崎石見は出羽久保田に住居を構えていた無名の刀工だが、幅広の刀身は豪壮そのもので、少々の斬撃《ざんげき》では折れたり、傷が入ったりすることはない。

松崎石見を正眼に構え、平格は目の前に立つ男をじっくりと見た。

五尺七寸ばかりの長身の男は、着流し姿にほっかむりをしている。刀は一本差。明らかに浪人者であろう。

――今宵、闇が重いのは、この浪人のせいなのか。

ちがうような気がする。

「おぬし、俺と面識があるのか」

刀を構えたまま平格は低い声できいた。

ほっかむりをした浪人はなにも答えない。ただ瞬きのない目で、じっと平格を見ているだけだ。

「俺にうらみでもあるのか」

それにも答えはない。

「では、金目当てか」

ほっかむりからのぞく目が、ぎらつきを帯びた。

「どうやら金目当てのようだな」

うらみでないのが知れて、平格はむしろほっとした。

「有り金すべて置いていけば、命は取らぬ」

くぐもったような声で浪人がいい、すっと刀を上段に上げた。

なかなか迫力のある構えだな、と平格は冷静に思った。

「金など惜しくはないが、おぬし、なにゆえこのような真似《まね》をするのだ。わけをいうてみろ。さすれば、金をやるかどうか、考えてやってもよい」

真剣同士の戦いは初めてだが、平格に恐怖はない。これは正直、意外ではあった。

――もっとも、俺は一人で稽古《けいこ》する際は、常に松崎石見をひたすら振っているからな。そのおかげかもしれぬ。

両手に伝わる感触がいつもと変わらぬということが、真剣を手に浪人と対峙《たいじ》している今、平静さを失わずにいられる理由なのかもしれない。

——なにごとも、慣れが一番ということか。なんにしろ、寿平のいう通り、自分が思っている以上に俺は肝が太いようだな。

平格たちのまわりには、なんだ、なんだ、と大勢の者が足を止めつつあった。

喧嘩《けんか》か。いや、斬り合いのようだぜ。侍同士か。どうもそうらしいぜ。

そんな声が平格の耳に届く。

「おい」

刀尖《とうせん》をわずかに動かして、平格は浪人に呼びかけた。

「ずいぶんと野次馬が集まってきたぞ。こんなに多くの者の前で、おぬし、まだやるつもりなのか」

眼前の浪人としては、道に人影が絶えたところで斬りかかって平格に怪我を負わせ、懐から財布を奪って逃げるくらいのことを考えていたのかもしれない。

だが、平格が松の巨木の陰にひそむ何者かの気配を察したことで、その目論見がもろくも崩れたということなのだろう。

進退窮《きわ》まったことは、浪人もすでに自覚しているはずだ。

刀を横に動かし、平格は浪人をじっと見た。

――もはや腕のちがいは明らかだが、窮鼠猫《きゅうそ》を嚙むという諺《ことわざ》もある。決して油断はできぬぞ。

自らにいい聞かせるようにいった。なにしろ、互いに手にしているのは真剣なのだ。少しでも気を緩めたら、大怪我をしかねない。

つと殺気が満ちてきた。目の前の浪人が発しているのだ。

――来るな。

刀を握る手に力を込め、平格は身構えた。こちらから攻撃に出るつもりはない。

浪人が大した腕ではないのは確かだ。先手を取らずとも、きっと勝てるだろう。

きえー、と百舌《もず》の鳴き声のような声を発して、浪人が踏み込んできた。同時に、刀を上段から振り下ろしてくる。

――ちと早すぎるようだぞ。

冷静に浪人を観察していた平格は、心中で語りかけた。

真剣での斬り合いの際、気持ちがはやって間合を見誤るのは、きっとよくあることなのだろう。

――この浪人は、実戦の経験がほとんどないようだな。

そんなことを思いつつ、平格は風を切って落ちてきた白刃を見つめた。間合に入っていない浪人の斬撃は、どうあっても平格に届きそうになかった。

空を切った浪人の刀は、地を打つぎりぎりのところで止まった。狼狽《ろうばい》した浪人が刀を引き戻そうとする。

その瞬間を狙って平格は地を蹴《け》り、浪人の懐にするりと入り込んだ。

手刀で浪人の左手首を打った。びしっ、と鋭い音が立ち、うぐっ、と浪人が声を上げる。

刀を取り落としかけた浪人が、あわてて握り直そうとする。

それを見逃さず、平格は浪人の右手首にも手刀を見舞った。

またも鋭い音が立ち、浪人の手を離れた刀が地面に落ちた。がしゃん、という音が闇に響く。

松崎石見を右手で握り込んだ平格は、刀尖を浪人の喉元《のどもと》にぴたりと突きつけた。

うっ、と浪人は串刺《くしざ》しにでもされたかのように身動きできなくなった。

浪人をじっと見て、平格は真摯《しんし》な口調で語りかけた。

「金をやるゆえ、二度とこんな真似をするな。もし次に同じことをしたら、そのときは容赦なく斬る。わかったか」

「わ、わかった」

嘘《うそ》ではないだろうな、と平格は浪人をなおも凝視した。

「本当だ。よくわかった。二度とこのような真似はせぬ」

――真情を吐露《とろ》したようだな。

確信した平格は松崎石見を引いて鞘《さや》にしまい、懐から財布を取り出した。

「おい、月成さん」

驚いたらしい寿平が、耳元にささやきかけてきた。その寿平の声が届いたらしく、ほっかむりの中の浪人の目が少し動いた。

「本当に金をやるのか」

平格は、ちらりと寿平を見た。

「まあ、よいではないか」

平格は寿平に笑いかけた。

「そうか」

平格の笑顔を見て、寿平はやりたいようにさせておけばよい、と考えたようだ。

平格は財布から有り金をさらい、自分の手のひらに置いた。

びた銭はなく、一朱銀や二朱銀、一分金ばかりだ。びた銭は、小銭入れに入れてある。

「全部で二両もないが、持っていくがよい。財布もくれてやりたいところだが、これは父の形見ゆえ、やれぬ」

「まことにこんなにくれるのか」

かすれた声で浪人が確かめてくる。ほっかむりの中の目は、なにか裏があるのではないかと疑わしげだ。

「ああ、構わぬ。持っていけ」

平格は悠然といい、手のひらを浪人に向かって突き出した。

ぺこりと頭を下げた浪人が金をかき集め、懐に素早く落とし込んだ。すぐさま着物の裾をひるがえし、駆けはじめる。

「か、かたじけない」

「忘れ物だぞ」

かがみ込んだ平格は浪人の刀を拾い上げた。

その言葉を聞いて浪人が踵《きびす》を返し、平格のもとに戻ってきた。

「ほら」

ちゃっ、と音をさせて平格は刀を立て、浪人が柄《つか》を握りやすいようにして手渡した。

「かたじけない」

刀を受け取った浪人が鞘におさめた。それから、決意したようにほっかむりを取る。

おっ、と平格は目をみはった。

——まだ若いな。

浪人は二十代半ばというところか。頬《ほお》がこけ、目だけがぎらぎらしている。

「おぬし、なにゆえ顔を見せたのだ」

少し不思議な気持ちがし、平格は浪人にたずねた。

「いや、貴公にはなぜか顔を隠すべきではないという気がしたのだ」

「ふむ、そうか」

「貴公、月成どのというのか」

「月成というのは俳号だ」

「では、本名は」

平格はにこりとした。

「それはよかろう」

まわりにいる野次馬たちが、平格たちを見てひそひそと話をしている。そのうちのいくつかの声が平格の耳に届いた。

「月成といえば、黄表紙を書いている朋誠堂喜三二のことじゃないか」

「えっ、じゃあ、あのお侍は有名な朋誠堂喜三二なのかい」

「俺、朋誠堂喜三二の黄表紙、持っているぞ」

「朋誠堂喜三二って、侍だったのか」

「そいつは知らなかったな」

「それにしても、朋誠堂喜三二ってすごい遣い手じゃないか」

「ああ、びっくりしたぞ」

野次馬たちのほうへ顔を向けていた浪人がつと目を転じ、平格を見つめる。

「貴公、まことに朋誠堂喜三二どのなのか」

「まあ、そうだ」

今さら嘘をついてもしようがない気がして、平格は認めた。

「黄表紙作家なのに、なにゆえ剣があれほど強いのだ」

「幼い頃《ころ》から鍛えてきたからだ」

「俺も剣はさんざんやってきたが……」

「まあ、剣のことはよいではないか。おぬし、もう住処《すみか》に帰ったほうがよかろう」

浪人を見つめて平格は勧めた。浪人が素直にうなずいた。

「わかった、そうしよう」

浪人が踵をめぐらしかけたが、思いとどまったのか、眼差《まなざ》しを平格に当ててきた。

「なにゆえ俺が金を欲しているか、先ほど朋誠堂どのはきいたな。実は病人がおるのだ」

「それはご内儀か」

「俺は独り身だ。病に臥《ふ》しているのは、俺がさんざん世話になったお人だ。薬が必要なのだが、薬九層倍《くすりくそうばい》というくらいで、とても高価なのだ」

それで金が必要だったか、と平格は思った。

「なんという薬が必要なのだ」

「延妙丸《えんみようがん》という薬だ」

聞いたことがあるな、と平格は思った。

すぐに思い出した。延妙丸といえば、源内の考案した薬ではないか。

──確か、心の臓の薬ではなかったか。

源内は本草学者でもある。薬種問屋から依頼を受けてつくり上げた薬だと、平格は聞いている。

「延妙丸は高いのだな」

「ああ、高価だ。強すぎるくらいの薬だが、効き目は素晴らしいものがある」

「延妙丸を購《あがな》うのに、俺が渡した金で足りるのか」

「買えることは買える。だが、必要としている分には足りぬ」

「足りぬのでは、意味がないではないか。あといくら必要だ」

「朋誠堂どの、なにゆえそのようなことをきくのだ」

「金が足りぬなら、もう少し上げようと思ってな」

「これ以上はいらぬ。すでに大金をもらったというのに、なおももらおうとは考えぬ」

「だが、必要な分の延妙丸を購うのに金が足りぬではどうしようもないではないか」

「残りは自分でなんとかする」

「また人を襲うのか」

平格がずばりというと、浪人が詰まった。

「さすがにその気はないようだな。あといくら必要か、早く教えるのだ」

なにもいわず、浪人はしばらく平格の顔を見ていた。

「早く教えろ」

再度、平格に強くいわれ、浪人が考え込む。

「そうさな……。二両ばかりだ」

その言葉を聞いて平格は、後ろに立っている寿平を見やった。

平格の凝視の意味を悟り、寿平が頓狂《とんきょう》な声を上げる。

「お、俺にその二両を出せというのか」

「当たり前だ。ほかに誰が持っているというのだ。寿平、二両くらいなら所持しているだろう」

「持っておらぬことはないが……」

「ならば、さっさと出すのだ」

有無をいわさぬ口調で平格はいった。

「わかったよ、月成さんにはかなわぬな」

首を伸ばし、寿平が浪人を見つめる。

「ご浪人。ただし、これは差し上げるのではなく貸すのだ。金は必ず月成さんに返してくれ。承知か」

「承知した」

その返事を聞いて寿平が財布を取り出し、中身を洗いざらい出して手のひらにのせた。

「寿平は一朱銀だけしか持っておらぬのだな。小判はないのか」

「あるはずがない。小判など持っていても、使いにくくてしようがない」

小判や一分金などは両替商で寛永通宝《かんえいつうほう》などに換金しなければ、日常の暮らしに必要な費《つい》えには使えないのだ。

「俺が持っているのは、一朱銀ばかり三十数枚だな」

「ちょうど二両か」

「そのはずだ」

寿平の手のひらから一朱銀をかき集め、平格はそれを浪人に渡した。

「か、かたじけない」

礼をいって、浪人が一朱銀をざらざらと袂《たもと》に落とし込んだ。浪人は涙ぐんでいるように見える。

「行きなされ」

浪人に向かって平格はやさしくいった。

「かたじけない。このご恩は一生、忘れぬ」

「ご浪人、いつになってもよいから必ず金を返してくれよ」

釘《くぎ》を刺すように寿平がいった。浪人が面《おもて》を上げた。

「よく承知している。必ず返す」

浪人がくるりと体を返し、歩きはじめる。闇に吸い込まれ、その姿はすぐに見えなくなった。

「なあ月成さん、今のは金をだまし取るための騙《かた》りということはないのか」

横に並んで寿平がきいてきた。

「もし騙りならば、いきなり襲ってくることはなかろう。まことに金が必要だから、辻斬《つじぎ》りのように斬りかかってきたのだ」

「なるほど、そういうことか」

「寿平、さあ、行くか。だいぶ時を食ってしまった」

寿平をいざない、斎賀屋を目指して平格は再び歩き出した。

「久しぶりに月成さんの剣技を目の当たりにしたが、本当に強いな」

畏敬《いけい》の眼差しで寿平が見てくる。

「さすがは、天下流の柳生新陰流《やぎゅうしんかげりゅう》の源となった流派の免許皆伝だけのことはあるな」

平格は、愛洲《あいす》陰流の免許皆伝である。

平格が養子入りした平沢家は、陰流の祖である愛洲移香斎《いこうさい》の子孫に当たるのだ。高名な上泉伊勢守《かみいずみいせのかみ》に陰流を伝えたのは、移香斎の子である宗通《むねみち》といわれている。

「俺が強いのではないさ」

謙遜《けんそん》でなく平格はいった。

「ならば、相手が弱すぎたというのか」

「弱すぎたというほどのことはないが……」

「それなら、やはり月成さんがとんでもなく強いということだろう」

「俺より強い者など、この江戸には数えきれぬほどおろうがな……」

「とにかく物書きの中で、月成さんが一番強いのはまちがいあるまい」

物書きで剣客と呼べるだけの腕を持つ者は、ほかに一人もいないだろう。

「ところで月成さん、今の浪人者が、今宵の大気を重くしていたのかな」

「いや、ちがうだろう」

即座に平格はかぶりを振った。

「あの浪人には、そこまでの力はないな」

「そうか。では、この先、まだほかになにか起きるかもしれぬというのだな」

「そうなるかもしれぬ。あまり考えたくはないが」

平格と寿平は、山谷堀沿いの道を足早に歩き、斎賀屋を目指した。

三

煌々《こうこう》と灯《とも》された明かりが目に入った。

やれやれようやく着いたか、と平格は胸をなで下ろした。

吉原から斎賀屋まで、今宵はけっこう手間取った。

平格は寿平とともに、風が吹いているにもかかわらず、重く垂れ下がったままの暖《の》簾《れん》をくぐった。

「いらっしゃいませ」

明るい声を放って帳場にいた女将《おかみ》のお滝《たき》が立ち上がり、帳場格子《ごうし》をどけて土間に降りてきた。華やかな笑みを浮かべて、平格たちに辞儀する。

「朋誠堂さま、恋川さま。今宵はお帰りでございますか」

平格と寿平を控えめに見つめ、お滝が艶然《えんぜん》と問う。

「うむ、そういうことだ」

ここ斎賀屋を平格たちに紹介したのは、蔦屋重三郎である。

「二階《うえ》で、お酒を召し上がっていかれますか」

お滝にきかれ、いや、と平格は首を振った。

「もう十分だ。猪牙《ちょき》を頼みたいのだが」

「ちょうどようございました。いま一艘《そう》が帰ってきたばかりのところでございます。

——では朋誠堂さま、恋川さま、先にお代をちょうだいできますか。いつもと同じく百四十八文でございます」

平格はずしりと重い小銭入れを取り出し、中から寛永通宝をざらざらと出した。寿平は財布から小銭を取り出している。

二人はそれぞれの船賃を支払った。

どちらがおごる、おごらぬというのは野暮でしかなく、平格と寿平は勘定の際、そのことを決していわぬことにしている。

平格自身、おごるのは好きだが、おごられるのは正直、好きではない。

それは寿平も同じであることを、平格は知っている。

——かっちり割勘定のほうが気持ちよいではないか。

「では、朋誠堂さま、恋川さま、こちらにどうぞ」

土間の右側に設けられた板戸を開け、お滝が、平格たちを案内する。

お滝のいう通り、一艘の猪牙舟が桟橋につけられており、船頭がいて棹《さお》を手にしていた。

舳先《へさき》には、闇に穴を穿《うが》つように提灯がほんのりと灯されている。

「朋誠堂喜三二さまと恋川春町さまよ。よろしくお願いしますね」

お滝が平格たちのことを船頭に丁重に頼む。その言葉を聞いて、ねじり鉢巻をした船頭が姿勢を正した。

「これは、これは、お二人とも江戸で指折りの有名人じゃありませんか。わかりやした、誠心誠意、真心を込めて深川までお送りいたしますよ」

腕を撫《ぶ》し、船頭が深く腰を折った。斎賀屋を贔屓《ひいき》にしてすでに長いが、平格にとって初めての船頭である。

「おぬし、名はなんという」

桟橋に足を踏み入れて、平格はきいた。

「角蔵《かくぞう》と申しやす。どうか、お見知りおきのほどを」

うむ、と平格はうなずいた。

「こちらこそよろしく頼む。角蔵、斎賀屋にはいつ入った」

「ええと、半年ばかり前ですかね。前の船宿が火事で燃えちまったんで、こちらに移ってきたんですよ」

そういえばそんなこともあったな、と平格は思い出した。

「火事で燃えたのは、深川の船宿だったな」

「ええ、よくご存じですね。深川佐賀町《さがちよう》の日吾屋《ひごや》という船宿ですよ」

「それはまた災難だったな」

「しかし、こうして素晴らしい船宿で働けておりますから、今は運がよかったと思っていますよ」

「世の中、悪いことがあってもよいこともあるという好例だな」

「禍福はあざなえる縄のごとしといいますからね」

「ほう、そんな諺をよく知っておるな」

驚きの声を上げたのは寿平である。

「門前の小僧、習わぬ経を読むというやつですよ」

こうもいって角蔵がにやりとした。

「どうぞ、お乗りになってください」

角蔵にいざなわれ、平格と寿平は猪牙舟に乗り込んだ。そのあとに、中間である忠吉と梅吉が続く。

細長い形をした猪牙舟は操船が難しく、練達の者しか船頭になれないというが、艫《とも》に立った角蔵は腕のよさそうな風貌《ふうぼう》をしている。ただし、少し顔色が悪く、平格は生気がないように感じた。

――女将が腕のよくない者に、俺たちを任せるはずがないな。ゆえに、この舟がひっくり返るようなことはあるまい。

平格は自らにいい聞かせた。

それでも、角蔵に転覆の経験がないか、確かめたかった。いつもの晩ならそんなことは考えもしないが、今宵はそういうわけにはいかない。

――だがもう乗ってしまった以上、今さらきいたところで詮《せん》ないことだな。

仮に角蔵がこれまでに一度も転覆の経験がないといっても、今日が初めての日になるかもしれないのだ。

「船頭さんは、これまで舟をひっくり返したことはあるのか」

いきなり寿平がそんな問いを角蔵にぶつけたから、平格はびっくりした。

「えっ、あっしですかい」

さすがに面食らったようで、角蔵も驚きを隠せずにいる。

「いいえ、一度もありやせんよ」

気のよい男らしく、角蔵は気分を害したふうも見せずに答えた。

「船頭さん、歳《とし》はいくつだい」

なおも寿平がたずねる。

「四十八ですよ」

「年男か。船頭になって、どのくらいになるんだい」

「かれこれ三十年以上になりますよ。そのあいだ、一度も転覆したことはありやせん」

一度も、を特に強くいって角蔵がぐいっと胸を張った。

「それは頼もしいな」

「納得したか、寿平」

平格は寿平に問うた。

「うむ、まあな」

いたずらっ子のような目で、寿平が平格を見る。

月成さんが知りたかったことを俺がきいてやったぞ、とその瞳は語っていた。

「かたじけない」

平格は小声で謝意を述べた。

「いや、礼をいわれるほどのことでもない。なにしろ、今宵はいつもの晩とちがうのだからな」

背筋を伸ばし、角蔵が棹を握り直した。

「では、まいりますよ」

平格たち四人がしっかりと座したことを確かめた角蔵が、棹を使って猪牙舟を桟橋から押し出した。

猪牙舟は静かに山谷堀を滑り、東側を流れている大川を目指しはじめた。

大川に出た直後、平格は巨大な魚が暗い水面《みなも》近くを泳いでいるのを目の当たりにした。背に大きな背びれがついているのが、闇の中でも知れた。

「あれはなんだ」

目をみはって平格は声を発した。

「物知りの月成さんが知らぬのか。あれは海豚《いるか》だよ」

少し意外そうに寿平がいった。

ええっ、と平格は寿平に目を向けた。すぐに海豚に眼差しを戻す。

「あれが海豚……。そうか、知らなんだ。四十四年、生きてきて初めて見た」

「それはよかったな、月成さん。海豚など、滅多に見られるものではないぞ。眼福《がんぷく》ではないか」

「舟の提灯に引きつけられるのか、夜でもときおり姿を見せるんですよ」

棹から櫓《ろ》へと握り直した角蔵が、ゆったりと舟を操りつつ説明する。

「海豚は賢くて、人なつこいんですよ」

「しかし、海豚は海の生き物ではないか。大川のこんな上流まで来るものなのか」

「ええ、よく来ますよ」

「舟に体当たりをしてくるようなことはないのですか」

心配そうな顔で、忠吉が船頭にきく。

――そういえば、忠吉は魚が苦手だったな。

魚嫌いが高じて、忠吉は刺身すら食べないのだ。

「たまにいたずらのつもりか、行く手を遮るくらいで、体当たりなんてしたことは、一度もありませんよ。かわいいもんです」

――だが、今日が初めてということもあり得るのではないか。

平格はそんなことを考えた。

――舟には乗らず、今宵は歩いたほうがよかったのか。

自問したが、すぐに平格は首を振った。

――いや、歩いたら歩いたで、またしても辻斬りや金目当ての無頼の者に、襲われていたかもしれぬ。

　ふとおかしみが胸中を走り、平格は一人、苦笑を漏らした。

　――俺は、どうも心配性に過ぎるのかもしれぬな。

「どうやら今日は一匹のようだな」

　角蔵のつぶやきが平格に聞こえた。

「普段は、二匹の海豚がおるのか」

　首をねじって後ろを向き、平格は角蔵に問うた。

「ええ、そうなんですよ。いつも顔を見せる海豚は二匹ですよ。多分、つがいだと思うんですが……」

　角蔵とそんな話をしているうちに海豚は水面下に没し、姿を消した。

「おっ、いなくなりおった」

　平格は、なんとなく安堵を覚えた。忠吉も、ほっと息をついている。

　平格が目を転じると、一町ほど後ろに、同じように提灯をともした猪牙舟らしい舟が続いているのが見えた。海豚はあの舟に向かったのかもしれない。

「しかし月成さん、安永七年（一七七八）も、もうじき終わりだな」

　湿り気を含んだ川風に吹かれつつ、唐突に寿平がそんなことをいった。

平格は少し驚いた。

——寿平は、なにゆえそのようなことをいい出したのだろう。今日が師走《しわす》ならまだしも、まだ長月の初めだ。今年は、あと四月もあるというのに……。

すぐに平格はぴんときた。

——なるほど、そういうことか。

舟が少し揺れた。平格は船縁《ふなべり》を握り込んで寿平を見やった。

「寿平のいう通り、今年はもうあと四月しかないというべきだろうな。月日のたつ早さを考えれば、今年もあっという間であろう」

「まったくその通りだ」

うれしそうに寿平が笑う。

「月成さんと話していると、楽しくてならぬ。俺がいうことを、ことごとくわかってくれるゆえ。ほかの者だと、こうはいかぬ」

そうかもしれぬ、と平格は思った。

「俺も寿平と一緒にいると、心が弾んでならぬ。しかし寿平のいう通り、月日のたつのはまことに早いものよ」

首を振り振り平格はいった。

「歳を取るにつれ、どんどん早くなっていく。若い若いと思っていたが、俺ももう四十四だ。いつ死が訪れても不思議はないな」

「なにをいっているのだ」

叱《しか》りつけるように寿平がいった。

「月成さんは、まだまだ死を考えるような歳ではなかろう」

「はて、そうかな」

船縁から手を放し、平格は首をひねった。

「人の寿命といわれる五十歳まで、あと六年しかないぞ。六年など、まさしくあっという間であろう」

「月成さんが、あと六年でくたばってたまるものか」

歯を食いしばるような顔で寿平がいった。

「なにゆえそういえるのだ」

「月成さんには長生きの相が出ておるからだ」

「寿平、いつから易者になった」

「易者にはなっておらぬが、前に易のことを調べたことがある」

「ほう、そうだったか。長生きの相というと、どのようなものだ」

「目が細くて長く、額がよく張り、丸みを帯びた顎ががっしりとしており、耳が大きい。どうだ、すべて月成さんに当てはまっているではないか」

「そうかな。俺はそんな顔をしているか」

平格はつるりと顔をなでた。

「しているさ」

寿平の言葉に、忠吉や梅吉がそろってうなずいた。

寿平がしかめ面になる。

「ところが、俺はそのどれにも当てはまらぬ。つまり俺は短命ということだ」

「そんなことはあるまい。寿平、どこも悪いところはなかろう」

「確かにどこも悪くはないが、五年後に俺の体がどうなっているか、正直わからぬぞ。病にむしばまれているかもしれぬ」

「それはそうかもしれぬが……」

「とにかく、月成さんは俺などよりずっと長寿のはずだ」

「長寿であるならありがたいこと、この上ないのだが」

「長寿といわれてうれしいということは、月成さんは死にたくはないのだな」

「それはそうだ。死など永遠《とわ》に訪れなければよいと思っている」

「死ぬのが怖いからか」

「怖い。怖くてならぬ」

怖《お》じ気《け》を震うように平格は答えた。

「物書きとして死後の世界というのがどんなものか、知りたい気持ちはむろんあるが、それはずっと後のことでよい。寿平はどうだ。死が怖くないのか」

ふむ、と鼻を鳴らすようにして寿平が首を横に振った。

「正直、あまり怖いとは思えぬ。いつ死が訪れてもよいように覚悟は決めておる。こう見えても、侍の端くれゆえ」

「俺も端くれの一人ではあるが、覚悟などまったくできておらぬ……」

すぐさま寿平が、話題を変えるようにきいてきた。

「ところで月成さんは、こんな刻限まで外出していて、大丈夫なのか」

「大丈夫とは、門限のことをいっているのか」

「そうだ。門限破りにはならぬのか」

寿平は心配そうな顔で平格を見ている。

「酔っておるのか、寿平」

すぐさま平格はきき返した。

意外だといわんばかりの表情で、寿平が首をかしげる。

「とうに酔いなど醒《さ》めたと思うが、月成さん、なにゆえそのようなことをいうのだ」

「寿平が、前にも同じことをきいたことがあるからだ」

「おっ、そうだったか」

寿平が自らの頭を、こつんとやった。

「すっかり忘れておった。やはり酔っておるのかな」

「もし酔っておらぬのであれば、耄碌《もうろく》してきたのとちがうか」

「耄碌だと。俺は三十五だぞ。歳を取ったのはまちがいないが、まだまだ耄碌するには早かろう。それで月成さんは、門限破りにはならぬのか」

「ならぬ」

寿平を見つめて平格は断じた。

「俺が刀番というお役目についているのは、寿平は百も承知だろうが、今宵遅くなることは、前もって屋敷の者に告げてある」

「考えてみれば、俺もそうだ」

「おぬしは留守居役だ。門限前に屋敷に帰る留守居役など、仕事をしておらぬも同然であろう」

留守居役の主な役目は、他の大名家の留守居役との会合である。

著名の料亭などで他の大名家の留守居役と会って親交を深め、公儀の思惑、動静、方針など知っていることを披露し合うのだ。

会合は深夜に及ぶことがほとんどだが、その内容は、ただの酒宴としかいいようがないものである。

「しかし、今日は月成さんと一緒だったゆえ、留守居役としての仕事はまったくしておらぬなあ」

のんびりとした声音で寿平がいった。

「仕事など、俺もずっとしておらぬぞ」

江戸詰の刀番の主たる役目は、主君が千代田城に登城した際、大玄関で佩刀《はいとう》を受け取り、主君が戻ってくるまで大玄関の外で待っていることである。

「佐竹侯は、いま国許《くにもと》にいらっしゃるのだったな」

寿平に問われ、そうだ、と平格はうなずいた。

——殿は、息災にしていらっしゃるだろうか。久しぶりにお顔が見たいものだ。

「義敦公がいらっしゃらぬなら、月成さん、前もって遅くなることをいっておらずとも、門限に遅れたからと目くじらを立てられることはないのではないか」

「大きな声ではいえぬが、うちの上屋敷は堅物が多いのだ。ゆえに、下手を打てば、上屋敷の門前で一晩を過ごさねばならぬ」

「ほう、そうなのか」

不思議そうに寿平がいった。

「うちは、門限を過ぎても頼めば入れてもらえるらしいぞ。上屋敷の者は皆、持ちつ持たれつのようだ」

「そいつはうらやましい」

「大名家だといっても、うちは一万石でしかないからな。小所帯ゆえ、特に仲がよいのであろう」

寿平は、駿河小島《するがおじま》に所領を持つ松平《まつだいら》家の江戸留守居役である。

「うちも、江戸詰の者たちの仲が特に悪いというわけではないが……」

平格が言葉を途切れさせたとき、あっ、と中間の忠吉が声を上げた。

「また海豚があらわれましたよ」

船縁からこわごわと身を乗り出して、忠吉が五間ほど先の川面《かわも》を指さした。

背びれを水面に出した海豚は、猪牙舟のほんの一間ほど近くまで一気にやってきた。

そのせいで波が立ち、猪牙舟が少し揺れた。

海豚は舟に添うように、ゆっくりと泳ぎはじめた。

「本当になついておるのだな」

海豚のこの姿を目の当たりにして、平格は感嘆するしかない。

「ええ、かわいいものでしょう」

艫に立つ角蔵がにこやかに笑いかけてくる。

「それにしても、間近で見ると、本当に大きいな。二間はあるのではないか」

「そのくらいは優にあるな。しかも、まるまると太っておる」

すぐそばを泳ぐ海豚をじっと見て、寿平がいった。

「月成さん、餌《えさ》がいいのだろうな」

「海豚は、なにを餌にしているのだ」

「よくは知らぬが、小魚ではないか。鯵《あじ》とか鯖《さば》とか鰯《いわし》とか」

「江戸前のその手の魚を食べていたら、大きくもなろうな。これだけ大きいと、一匹というより一頭といったほうがよいような気がするな。寿平、海豚は一匹なのか、一頭なのか、どっちだ」

平格にきかれて寿平が首をひねる。

「一頭のような気がせぬでもないが、別に一匹でも構わぬのではないか」

「相変わらずいい加減な返答だな」

「いい加減くらいのほうが、生きていて楽だからな」

「だが、寿平は著作に関しては、いい加減ではないではないか」

「それは当たり前だ」

口をとがらせて寿平がいった。

「黄表紙は俺の生き甲斐《がい》だ。ゆえに黄表紙だけは、手抜きはなしだと決めてある。しかし、ほかのことはすべて手を抜き、ゆるゆると生きていこうと決めておるのだ」

「ふむ、そうか。黄表紙だけは手抜きなしか」

にやりとして寿平が平格を見る。

「それは月成さんも同じだろう」

「確かにな」

うなずいて平格は海豚に目を戻した。

「ふむ、もう一匹はやはり見当たらぬな」

連れ合いの海豚を捜して、平格は水面をなめるようにして見た。

「二匹でないのは、ほんと、珍しいんですよ。まさか連れ合いが死んじまったわけではないでしょうけど……」

案じるような声を角蔵が出した。

「きっと生きているさ」

平格は角蔵を元気づけるようにいった。すでに、すぐ近くをゆったりと泳ぐ海豚に愛着めいたものを覚えている。

海豚は、舟と一緒に泳ぐことをいかにも楽しんでいるようだ。顔ははっきりと見えないが、どこか笑っているように感じられた。

「あっ、もう一匹が来たぞ」

不意に寿平が声を発した。

面を上げて平格は、寿平が指さす方向を見やった。

十間ほど先の水面に、別の海豚の背びれが見えている。

「ああ、無事だったか、よかった」

櫓を漕《こ》ぎつつ、角蔵が安堵の声を放った。

もう一匹の海豚が、体をくねらせて舟のそばにやってきた。二匹の海豚がたわむれるように泳ぎ出す。

「二匹になると、いや、二頭になると、いやが上にも迫力が増すな」

息をのんで平格はいった。

「月成さん、こんな光景、金を出してもなかなか見られぬぞ」

「まことにその通りだ」

不意に二匹が首をそろえて水中にもぐった。二匹とも背びれまで見えなくなっている。

「どこに行った。餌でも見つけたかな」

わずかに波立っている水面を見つめつつ、平格はつぶやいた。

「うわっ」

いきなり悲鳴を発したのは、平格の横に座していた忠吉である。

海豚に驚いたのか、一匹の鯉《こい》が水中から跳ね上がり、猪牙舟の中に躍り込んできたのだ。

ぴちぴちと跳ねる鯉を避《よ》けようとして、忠吉があわてて立とうとする。

「落ち着け、忠吉」

平格はすぐさま手を伸ばし、忠吉を座らせようとした。

「座っててくだせえ」

角蔵も叫ぶようにいった。

平格は、舟板に横たわっている鯉をつかもうとした。だが、その気配を察したか、鯉が一段と高く跳ねた。

うわっ、と狼狽した忠吉がまたしても悲鳴を上げて、本当に立ち上がった。

その弾みで猪牙舟がぐらりと大きく揺れ、忠吉が体勢を崩した。

「いかぬっ」

平格は忠吉を支えようとした。

だが、そのときには遅かった。平格の手をかすめるようにして、忠吉は大川に落ちたのだ。どぼん、と水音が立った。

「忠吉――」

船縁をつかんで平格はすぐさま忠吉の姿を捜した。

舟からほんの三間ばかり離れたところに、忠吉の顔だけが見えている。

忠吉は必死に水をかいている。だが、確か、泳げないはずだ。

このままでは、すぐに溺《おぼ》れてしまうだろう。

「いま行くぞ」

腰を浮かせて、平格は大声を発した。

「駄目だ」

叫ぶようにいった寿平が平格を抱き止める。

「月成さん、やめるのだ」

「そうはいかぬ。忠吉を放《ほう》っておけぬ」

忠吉の顔は、水面にかろうじて見えている。舟からもう六、七間ばかり離れてしまっていた。

猪牙舟を止めた角蔵が、櫓を使って舳先を上流側に向けようとしている。だが、すぐには方向を転じることはできないようだ。

「大川に飛び込んだら、月成さんも溺れ死んでしまうぞ」

死んでも構わぬ、と平格は思った。

——もし今宵、命を落とすのならば、それまでの寿命だったということだ。所詮《しょせん》、長生きなど望めぬ。

「俺は泳ぎは得手だ」

寿平の手を振り払うや平格は両刀を外し、帯をほどいて着物と袴を脱いだ。そのあいだにも忠吉から目を離さない。

下帯一つになった平格は舟を揺らさないよう船縁を越え、静かに大川に身を浸《ひた》した。

水の冷たさが体を締めつけてくる。凍えそうだ。

「月成さん、大丈夫か」

目を血走らせた寿平がきいてきた。

「大丈夫だ。任せておけ」

強がりでもなく平格は告げた。大川を上流に向かって泳ぎ出す。

——うー、冷たいぞ。だが、負けるものか。なんとしても忠吉を助けねばならぬのだ。

その一念で、平格は水の冷たさに耐えた。

泳ぎつつ顔を上げ、どこに忠吉がいるか、平格は見ようとした。

だが、いつの間にか忠吉の顔は視野に入ってこない。

——どこだ。

顔を上げて平格は必死に捜した。

だが、忠吉の顔はどこにも見当たらない。

——これはまずいぞ。

どこに忠吉がいるかわからぬまま、遮二無二《しゃにむに》泳ぐわけにはいかない。体力はできるだけ温存する必要がある。

「月成さん、あそこだ」

平格が忠吉を見失ったことを知ったらしく、寿平が指をさす。

かたじけない、と心中で礼をいい、平格はそちらに向かって泳ぎはじめた。

三間ばかり泳いだところで、寿平が怒鳴るようにいった。

「月成さん、少し左だ。左に動け」

平格はその指示通りにした。

だが、まだ忠吉の顔は見えてこない。

五間ほど水をかいたとき、またも寿平の声が耳に飛び込んできた。

「月成さん、少し行きすぎた。ちょっと右に行ってくれ」

泳ぎながら顔を上げ、平格はちらりと寿平を見た。わかった、とつぶやくように答えてさらに泳ぐ。

「いいぞ、そのままだ。そのまま行けば、忠吉が見えてくるはずだ」

寿平の声に首を伸ばして前を見ると、人の頭らしいものが平格の視野に入り込んだ。

「忠吉っ」

叫んだが、忠吉の頭はまるで動かない。どうやら気を失っているようだ。

平格は全身に力を込めて泳ぎ、忠吉に近づいていった。

だがいくら泳いでも、忠吉の体に手は当たらなかった。おかしい、と平格は思った。

——忠吉、どこに行った。

指示を求めて、平格は寿平に目をやった。猪牙舟は、平格から二間ばかりのところまで来ていた。

「月成さん、ここからも見えぬ」

——もしや水底《みなそこ》に沈んでしまったか。

「寿平、提灯をかざしてくれ」

水をかきながら平格はいった。

「承知した」

すぐに提灯が平格の頭上に掲げられる。

「よし、行くぞ」

自らに気合をかけた平格は思い切り息を吸い、水中にもぐり込んだ。

真っ暗な中、提灯の光が水中にわずかな明るさをもたらしている。

その明かりを頼りに平格は忠吉の姿を求めて、水中を捜した。

だが、忠吉は見つからない。

——くそう、どこだ。まずいぞ。

もしこのまま忠吉が見つからなかったら。

そんな思いが脳裏《のうり》をよぎっていく。

──いや、弱気になるな。俺は必ず忠吉を見つけてみせる。こんなところで、忠吉を死なせるわけにはいかぬのだ。

何度も息継ぎを繰り返しながら、平格は忠吉を捜した。

だが、どうしても見つからない。

大川の水底深く、忠吉は沈んでしまったとしか考えられなくなった。

どうしようもない焦りが、平格の体を浸していく。

それでも、あきらめるわけにはいかない。平格は、必ず忠吉を助け出すとの思いで一杯だ。

だが、息がもう上がりかけている。体も冷え切っているはずだが、それはあまり感じない。

猪牙舟にいる寿平や梅吉は、一緒に捜さないことにすまなさを覚えているのか、申し訳なさそうな顔を船縁に並べている。

──そんな顔をせずともよい。下手に動かず、そこにいてくれればよいのだ。

平格と一緒に大川に入り、もし溺れられたら、それこそ目も当てられない。

乾いた雑巾《ぞうきん》をしぼるようにして力を出した平格は、さらに水中にもぐって、忠吉を捜した。

もしかすると寿平は、もうあきらめたほうがいい、と思っているかもしれない。それでも、もうやめたほうがいいといわずにいるのは、平格に悔いを残させたくないからではないか。

力が尽きるまで忠吉を捜させたほうがよいと思っているのであろう。

大川に身を入れてからどのくらいの時が経過したのか、頭上から寿平の声がした。その声がなぜか弾んでいるような気がして、平格は素早く水面から顔を出した。

「月成さん」

寿平が泣き笑いのような顔をしている。

「寿平、忠吉がいたのか」

「いた、いた」

「どこだ」

平格がきくと、寿平が指をさした。

「そこだ」

寿平の指は平格の後ろをさしている。

足で水を蹴りつつ平格は振り向いた。

三間ばかり離れたところに海豚がいた。

「海豚……」

すぐに平格は、海豚の背に人らしいものが乗っていることに気づいた。

「忠吉……」

信じられない思いを抱いて、平格は海豚に近づいた。

ひどく魚臭い。鼻をつまみたくなるほどである。これは、海豚が発しているにおいのようだ。

水面に浮かんだ海豚はじっと動かず、少し怖さを感じさせる目で平格を見ている。

「忠吉を助けてくれたのか」

なにも答えはしなかったが、海豚がうなずいたように平格は思った。

「かたじけない。心から礼をいう」

海豚の目が少し和んだように見えた。

手を伸ばし、平格は海豚の肌に触れてみた。海豚は別におびえたりはしなかった。

肌はつるつるしているが、ひどくかたい。まるで、樫《かし》の木に弾力を持たせたかのような感じである。

平格は忠吉にも触ってみた。

だが忠吉の体は氷のように冷たく、体温が感じられなかった。しかも、ぴくりとも動かない。息をしていないように見えた。

——こいつはまずい。

手を振り、平格は寿平たちを呼び寄せようとしたが、すぐそばに猪牙舟は来ていた。寿平と梅吉の手を借り、忠吉を海豚の背から猪牙舟に移した。そのあいだ海豚は、老馬のようにおとなしかった。

「すぐに医者に診《み》せなければならぬ」

猪牙舟に息も絶え絶えに乗り込んだ平格は寿平にいった。

「角蔵、近くに医者はいるか」

きいたのは寿平である。

「ええ、いますよ。すぐにまいりましょう」

間髪容れずに猪牙舟が動き出す。角蔵が櫓を操り、舳先を下流に向ける。流れに従うだけだから、舟はすんなりと動いた。

「さあ、行きやすよ」

角蔵が力強く櫓を漕ぎはじめた。猪牙舟が大川を滑り出す。

寿平が差し出してきた着物を羽織ってみたが、平格は寒くてならなかった。震えが止まらない。

「一刻も早く体を乾かさぬと、月成さんが風邪を引いてしまうな」

「俺より、まずは忠吉だ」

すぐに猪牙舟が近くの河岸につけられた。

「医者はどこだ」

いまだに死んだようになっている忠吉を背負って、平格は角蔵にきいた。

「そこの道を半町ばかり行った右側にあります。研安《けんあん》先生といいます」

「わかった」

忠吉を背負って平格は猪牙舟を下りた。

「月成さま、あっしがおぶりますよ」

横から梅吉が申し出てきたが、平格は首を横に振った。

「忠吉は俺の中間だ。梅吉は提灯を頼む」

「は、はい、わかりました」

手早く梅吉が提灯に火を入れる。

その間に忠吉を背負い直し、平格は道を走り出した。

——がんばれ、忠吉。死ぬなよ。

念じつつ平格は道を走った。

すぐに提灯を手にした梅吉が追いついた。おかげで足下がよく見えるようになった。

「月成さん、そこだ」

横を走っている寿平が指さすところを見ると、研安と記された看板が闇の中にうっすらと見えた。

研安の診療所の戸口の前に平格は立った。中からは、明かりが漏れこぼれてきている。

だが、板戸は心張り棒がかまされているようで、がた、と音を立てただけで開かなかった。

「先生は起きていらっしゃるようだが」

つぶやいた寿平が、どんどんと強めに板戸を叩《たた》いた。

「先生、急患です。開けてください」

すぐに板戸の向こう側に人の気配が立ち、心張り棒が外される音が聞こえてきた。

その直後、板戸が横に滑っていった。

目の前に六十過ぎと思える男が立っていた。

「研安先生ですね」

勢い込んで寿平がきく。

「そうだが。急患はどちらかな」

「この男です」

寿平が平格の背中を指し示す。

「では、患者をこちらに」

平格は診療所の中に入り、研安に導かれるまま忠吉を布団に寝かせた。

「この患者はどうされた」

「大川で溺れました」

間髪容れずに寿平が答えた。

「なんと、さようか」

忠吉を見つめて研安が絶句する。

「長いこと、水に浸《つ》かっていたのかな」

「ええ。熱々の茶がぬるくなるくらいのあいだでしょうか」

「それはけっこう長いな」

難しそうな顔でいって、研安が忠吉の着物を脱がせはじめた。

「よし、これからわしは手当をするゆえ、おまえさんたちは隣で待っていてくれぬか。

行灯《あんどん》は勝手につけてくれ。寒かったら、火鉢に火を入れてもよい」

「わかりました」

立ち上がり、平格たちは隣の間に移った。

梅吉が襖《ふすま》を閉め、寿平が手際よく行灯をともす。

ほんのりと明るくなり、そこが六畳間であるのが知れた。普段は患者たちの待合部屋になっているのであろう。

目を閉じて、平格は忠吉の無事を祈りはじめた。

「月成さん、寒くないか」

前に座した寿平がきいてきた。平格は目を開けた。

「ああ、今は寒くはない」

「だが、火鉢に火を入れたほうがよくないか」

「うむ。こうして落ち着いたら少し寒くなってきたな。寿平、入れてくれるか」

「お安いご用だ」

すでに熾火《おきび》が炭の中にうずめられていたようで、さほど間を置くことなく火鉢は暖かな熱を発しはじめた。

「月成さん、火鉢の近くに座るがいい。すぐに体があったまろう」

「かたじけない」

礼をいい、平格は寿平のいう通りにした。

徐々に体が温まっていく。これならば風邪を引くようなことにならないのではないか。

同時に少し眠気が襲ってきた。

——無理もあるまい。今宵はいろいろとありすぎた。

平格はまぶたを下ろした。


どのくらいたったものか、襖が開く音が聞こえた。

はっとして見ると、研安が姿を見せたところだった。

研安はにこにこ笑っている。

その笑顔を見て平格は安堵の思いを抱いた。

「もう安心ですよ」

平格たちの前に座した研安がいった。

「水はすべて吐かせました。患者さんは、今は寝ているだけです。命に別状はありません。明朝には、きっと目を覚ましましょう」

「助かりました、先生。この通りです」

平格は額を畳にこすりつけた。

「いえ、わしは当然のことをしたまでだ」

「それで先生」

ごほん、と寿平が咳払《せきばら》いした。

「お代はいかほどになりますか」

「ちょうど一両、いただきましょうか」

「あの、今ちょっと持ち合わせがないので、明日でも構いませぬか」

面を上げて平格はたずねた。

「えっ、さようか」

踏み倒されるのではないかという危惧《きぐ》が、研安の脳裏をよぎったようだ。

平格はわずかに膝行《しっこう》した。

「それがしは侍です。形《かた》にこの脇差《わきざし》を置いていってもよいのですが。売れば、十両にはなる代物です」

「ほう、十両ですか」

だが、研安は刀の類《たぐい》には関心がなさそうな顔だ。

すか」

「月成さん」

寿平が呼びかけてきた。

「俺が金を持ってくるゆえ、それまでここにいてくれ。研安先生、それでよろしいですか」

「それでもかまわぬが……」

軽く首をひねって研安が平格を見つめる。

「おまえさんは月成さんといわれるか」

「はい、さようです」

「黄表紙作家の朋誠堂喜三二も、月成という俳号を持っているらしいの」

「持っているもなにも、この人が朋誠堂ですよ」

明るい声で寿平が研安に伝えた。

「ええっ」

のけぞるようにして研安が驚いた。まじまじと平格を見る。

「それはまことか」

「ええ、それがしは朋誠堂喜三二と申します」

「こいつはびっくりだ」

研安の顔は上気している。

「実は、手前は朋誠堂喜三二さんの著作が大好きでしてなあ。いつも愛読していますよ。あとは恋川春町さんも大好きですなあ」

「この男が恋川春町ですよ」

平格は寿平を手で指し示した。

「ええっ」

またしても研安が仰天する。

「こんなに高名な作家さんが、二人そろってうちの診療所に……」

研安は言葉を失っているようだ。

「でしたら、お代はいりません」

ようやっと口を開いた研安がいきなりそんなことをいったから、平格は驚いた。寿平も目をみはっている。

「その代わり、わしが持っているお二人の著作に、なにか一言入れてくださらぬか」

「お安いご用です」

すぐさま平格は答えた。

「それがしも構いませぬ」

「それは重畳《ちょうじょう》」

待合部屋を出た研安がすぐに一冊の書物を手に戻ってきた。

「こちらです」

平格たちの前に置いたのは『蛭子大黒壮年過《えびすだいこくわかげのあやまり》』という黄表紙である。

この著作の本文は平格が書き、画《え》を寿平が描《か》いた。今年、鱗形屋から出たばかりである。

「先生、買ってくれたのですか」

感激して平格はきいた。

「もちろんですよ。朋誠堂喜三二さんの著作は出たら、すべて買っていますからね。とてもおもしろい」

「なんとありがたい人が、この世にはいるものか」

ほとんど平格は感嘆していった。

「それは大袈裟すぎますな」

研安が楽しそうに笑う。

「では、こちらにお願いします」

研安が矢立を平格に渡してきた。受け取った平格は筆を墨に浸し、『蛭子大黒壮年過』の見開きにすらすらと文字を書いた。

「月成さん、なんと書いたのだ」

横から寿平がのぞき込んでくる。

「ははあ、なるほど。干せども気散じ、か」

「これは、朋誠堂喜三二という筆名の元になったものですな」

うれしそうに研安がきいてきた。

「さよう。干上がっても気楽、という意味ですよ」

墨が乾いたのを確かめた平格は寿平の前に『蛭子大黒壮年過』を丁寧に滑らせた。

「さて、俺はなんと書こうかな」

少し思案したが、すぐに寿平は筆を走らせはじめた。

平格が見ると、『酒上不埒《さけのうえのふらち》御容赦』と書いてあった。

寿平は顔をしかめている。

「いいものがひらめかなかった。これは、あまりよい出来ではないな」

顔をしかめ、言い訳をするように寿平がいった。

「いえ、十分ですよ。愛読している者にとって、これらは最上の贈り物ですからね。

恋川さん、酒上不埒というのは、確か、狂歌を詠む際に使われる名でしたな」

「よくご存じで」

「それはそうですよ。好きな作家のことは、なんでも知りたいと思うものですからね」

「さようですか。それはまことにありがたいことです」

そういった寿平が、ふーふーと息を吹きかけ、墨を乾かす。

「これでよし。では研安先生、どうぞ」

笑みを浮かべた寿平が『蛭子大黒壮年過』を研安に手渡した。

研安がうやうやしく受け取った。破顔する。

「ありがとうございます。感謝します」

「感謝するのはこちらのほうですよ」

本心から平格はいった。

「先生は忠吉の命の恩人でもありますからね」

「いや、忠吉どのが強かっただけですよ。もし弱い者だったなら、わしも救うことはかなわなかった」

「ああ、そうだったのですか」

深くうなずいた直後、平格は自分の体が揺れているのを感じた。

――これはめまいなのか。俺はやはり風邪を引いたのだろうか。

「地震だ」

不意に寿平が叫び声を上げた。

「えっ、地震だと」

確かに診療所全体が揺れているようだ。めまいではなかったか、と平格は安堵した。

地震のほうも少し揺れただけで、大したことはなかった。

だが、行灯が倒れた。

「あっ」

炎が移り、行灯がめらめらと燃え出した。

「これはいかぬ」

羽織っていた着物を、平格は咄嗟に行灯にかぶせた。

それであっさりと火は消し止められた。

「ああ、大事に至らずよかった」

寿平が安堵の思いを露わにしている。

「先生、すみませぬ。畳を少し焦がしてしまいました」

頭を下げ、平格は謝った。

「ああ、いや、畳が焦げたのは、朋誠堂さんたちのせいではありません。気にせんでください。もう畳が古くなっていたので、替えようかと思っていたところですよ。それよりも朋誠堂さん、着物は大丈夫ですか」

「ええ、大丈夫です」

火がついていないことを確かめて、平格は着物を再び羽織った。

——さて今宵は、これが最後の騒ぎかな。そうだったらよいが。俺はもう疲れたぞ。

今宵の大気が重かったのは、おのが身にいろいろなことが起きるのを暗示していたのだろうか。そうかもしれない。

——ならば、大気の重さを見抜いていた源内さんの身にも、いろいろと起きたのだろうか。福助の身に大事がなければよいが。

そのことが平格は気がかりだった。

第二章

一

粥《かゆ》をゆっくりと飲み込んだ。

——うむ、こいつはうまいな。

昨日と明らかに味がちがう。おそらく実際に異なるのは、自分の舌であろう。

平格は小皿にのっている梅干しを箸《はし》でつまみ、口に持っていった。種は、すでに妻の清江《きよえ》が取ってくれている。

——おっ、今日は梅干しもいけるぞ。

酸《す》っぱみの強い梅干しを咀嚼《そしゃく》しつつ、平格は一人にんまりした。確実に体の具合がよくなっていることを実感する。

昨日の朝は酸っぱさがきつく、とてもではないが、梅干しは喉《のど》を通らなかったのだ。

——これは、まちがいなく牛の味噌漬《みそづけ》が効いたのであろう。

今朝も、皿に二枚の味噌漬がのっている。香ばしいにおいをほんのりと漂わせる味噌が、食い気をそそる。

正直、獣肉など食したことがほとんどなく、昨日はおそるおそる食べたのだが、脂の甘さがじわっと口中に広がり、そのうまさに驚愕《きょうがく》しただけでなく、嚥下《えんか》した途端に、体がかっと熱くなってきたことには、もっと驚いた。

これは効くな、と直感したのだが、実際、今日の体の具合は、昨日とまったく異なっている。

さすがに、蔦屋重三郎が選んで見舞いの品として持ってきてくれたものだけに、素晴らしい効き目としかいいようがない。

平格は、以前の健啖家《けんたんか》に戻ったかのように食事を終えた。

「ああ、うまかった」

独りごちるようにいった次の瞬間、それを見計らったかのように、失礼いたします、と清江が襖《ふすま》を開けて姿をみせた。

「あなたさま、もうお済みですか」

平格の前の膳《ぜん》を見つめてきく。

「うむ、済んだ。とてもおいしかった。清江、かたじけない」

「おや、あなたさま、梅干しも食べられたのですね」

うれしそうに清江がいう。

「ああ、今日は大丈夫だった。難なく喉を通っていったぞ」

「それはようございました」

にこにこと清江が笑む。

「では、こちらは片づけますね」

膳を持ち、清江が寝所を出ていく。

枕元《まくらもと》に置かれた茶を、平格は喫した。

しっかりと茶の味を感じ取れることに、平格は喜びを覚えた。しみじみうまい。

――やはりよくなってきておるな。

外を吹く風が、庭に面した障子をがたつかせる。

――ふむ、今日は風が強いようだな。

障子のほうを見やって、平格はそんなことを思った。

「あなたさま――」

廊下側の襖の向こうから清江の声がした。

「忠吉が来ましたよ」

「おっ、そうか。通してくれ」

静かに襖が開けられる。廊下に忠吉が立っていた。

「おう、忠吉。入ってくれ」

布団に座したまま平格は朗らかな声でいい、忠実な中間《ちゅうげん》を手招いた。

「失礼いたします」

一礼して忠吉が敷居を越え、平格のかたわらに端座した。清江の手で、襖が音もなく閉められていく。

両肩を張った姿勢で忠吉が平格を見つめる。

「殿さま、ご無理をなさらず横になってくださいませ」

実際、食後ということもあるのか、平格は少し疲れを覚えている。さすがにまだ本《ほん》復《ぷく》までは至っていないのだ。

「では、遠慮なくそうさせてもらおう」

丹前《たんぜん》を脱いで、平格はゆっくりと布団に横になった。

枕元に座り直した忠吉が、平格の顔をのぞき込んでくる。

「殿さま、お加減はいかがですか」

「うむ、見ての通りだ。だいぶよい」

枕に頭を預けて、平格は忠吉を見返した。

「明日には枕も上がろう」

「お顔の色を拝見し、手前も少し安心いたしました。それにしても殿さま、まことに申し訳ないことをいたしました。手前のせいで、殿さまがお風邪《かぜ》を召してしまい……」

忠吉は目に涙を浮かべている。

「なに、案ずることなどない。もともと俺が滅多に風邪を引かぬのは、忠吉もよく知っておろう。これほど長いこと臥《ふ》しているなど、人生初めてのことだ。こたびのことは、まさしく鬼の霍乱《かくらん》というやつだな」

横になったまま平格は快活に笑ってみせた。

だが、忠吉はまじめな顔を崩さない。

「殿さまは、鬼などではありません。仏のようなお方です」

いや、といって平格は首を横に振った。

「俺は、仏さまほど広い心の持ち主ではないなあ」

「いえ、そのようなことはありません」

強い口調で忠吉が否定する。

寝床で身じろぎした平格は忠吉を見つめた。

「忠吉、おぬしこそどうなのだ。風邪を引いておらぬか」

「おかげさまで、引いておりません。どこも悪くありません」

すまなそうに忠吉が答えた。

「それはよかった。忠吉は丈夫だな」

「いえ、そのようなことはないのですが。もっと早く、殿さまのお見舞いに来るつもりでいたのですが……」

忠吉は上屋敷内の中間長屋で一人、暮らしている。

それを聞いて平格は首を横に振った。

「俺の具合がまだよくないからと、皆に止められたのであろう。なにしろ、寿平さえもようやく昨日、やってきたのだからな」

「ああ、さようでしたか」

忠吉が少し安心したような顔になった。

「だから忠吉、見舞いに来られなかったのを、気に病むことなどないのだ」

いいきった平格は、間を置くことなく言葉を続けた。

「あの日、できれば俺の手で忠吉を助けたかった。だが、手柄は海豚《いるか》に取られてしまった。とにかく、おぬしが元気でいるのは素晴らしいことだ。おぬしは、俺にとってかけがえのない中間だからな」

「もったいないお言葉にございます」

忠吉の目から、一粒のしずくがぽたりと畳に落ちた。

「忠吉、なにも泣くことはないのだ」

「は、はい」

涙をこらえるように、忠吉が自分の両膝《りょうひざ》をぎゅっと握り締める。

「殿さまは、何度も何度も大川にもぐられては、手前を捜してくださったそうではありませんか」

「なに、あのくらい、誰でもすることだ」

「そんなことはありません……。ご自分の命を賭《と》することになるではありませんか。殿さまだからこそだと、手前は思います」

確かに、一つまちがえば命を落とすところではあっただろうが、あのときは忠吉を救いたい一心だったのだ。

平格があのときのことを脳裏《のうり》によみがえらせたとき、廊下に面する襖の向こう側に人の気配が立った。

「――あなたさま」

襖が開く。妻の清江が廊下に端座していた。

「蔦屋重三郎さんがいらっしゃいました」

えっ、と頭を持ち上げて平格は目をみはった。

「またいらしてくれたのか」

重三郎は、寿平と一緒に昨日も見舞いに来たのだ。

「お一人か」

「ええ、今日は、寿平さんはご一緒ではありません」

そうか、と平格はいった。

「通してくれ」

「はい。ああ、あなたさま。今日も蔦屋さんから、お土産《みやげ》をいただきましたよ」

「えっ、そうなのか」

昨日、重三郎が持ってきた土産こそが牛肉の味噌漬である。

牛肉の味噌漬というと、譜代筆頭の井伊《いい》家の居城がある彦根《ひこね》のものがよく知られているが、相模《さがみ》の鎌倉《かまくら》近くでも、つくっているところがあるそうだ。

彦根の牛肉の味噌漬は強壮薬として知られているが、鎌倉近くでつくられているものも効能は同じで、精がつきますよ、と昨日、重三郎はいっていた。

「蔦屋さんは、今日はなにを持ってきてくれたのだ」

期待を抱いて平格は問うた。

「こちらです」

油紙の包みを、清江が持ち上げてみせた。

「鶏だそうですよ」

「ほう、鶏か」

大の好物である。ごくり、と唾《つば》が出た。朝餉《あさげ》を食べてさしてたっていないのに、こうして食い気が戻ってきているのは、やはりよい兆候だろう。

「そいつはうれしいな」

重三郎が土産として選んだ以上、きっとなんらかの謂《い》われがある鶏にちがいない。

「では、手前はこれで失礼いたします」

重三郎という来客を潮に忠吉が腰を上げた。

それを見て、平格は再び布団の上に起き上がった。丹前を羽織る。

「忠吉、のんびりできるのは今日までだ。明日からは、また忙しくなるぞ」

「はい、承知いたしました。では殿さま、これで失礼いたします。お大事になさってください」

小さく笑みを浮かべて腰を曲げ、忠吉が寝所を出ていった。

すぐに清江が重三郎を連れてきた。失礼いたします、と低いが張りのある声を発して重三郎が入ってきた。

異相の男である。

目が炯々《けいけい》と鋭く、口脇《くちわき》の両頬《りようほお》が飴玉《あめだま》でも含んだかのようにふくらみを帯びている。月代《さかやき》はきれいに剃《そ》られているが、まるで寿老人《じゆろうじん》のように額が広い。上下の唇が厚く、両の耳たぶもたっぷりと大きい。

人をぐっと引き込む力強さを持つ男である。

「おっ、もう横になっておられずとも大丈夫なのですか」

平格を見て、重三郎がうれしげに目を丸くする。

うなずいて平格はにこりとした。

「昨日の牛肉が効いたようです」

「おう、それはよかった」

「どうぞ、こちらにお座りください」

座布団を出して清江が勧めた。

「ありがとうございます。では遠慮なく」

こうべを垂れて重三郎が端座する。

「今お茶をもってまいります」

「どうかお構いなく」

一礼して清江が出ていった。

「確か、お武家は座布団を遠慮されるのでしたな」

顔を上げて重三郎が平格にいった。

ええ、と平格は顎《あご》を引いた。

「昔は、座布団に座る侍はほとんどおりませんでしたな。しかし、今はもう時代がちがいましょう。実際のところ、座布団に座る侍も少なくありませぬ。それがしも、ありがたく使わせてもらうことが多いですよ」

「ああ、さようですか」

にこにこと重三郎が笑む。

「それがしのような歳《とし》の者にとって、座布団はなにしろ楽ですからね」

「おっしゃるほどのお歳ではないでしょう。――月成さん、具合はいかがですか」

笑みを消し、真顔で重三郎がたずねてきた。

「おかげさまで、昨日よりもだいぶよくなりました。先ほども申し上げたが、蔦屋さんのお持ちくださった牛肉の味噌漬が効いたのですよ」

「それはよかった」

「なんでも、今日は鶏をお持ちくださったとか……」

「ええ、上総《かずさ》の鶏です」

うれしそうに重三郎が説明する。

「朱雀鶏《すじゃくどり》といいましてね、食べると精がつくといわれています」

「朱雀鶏ですか。それはまた食べるのが畏《おそ》れ多いような……」

それを聞いて重三郎が微笑する。

「赤みがかった肉はやわらかで、味がひじょうに濃いのです。脂身もしっとりとして甘みがあります。丸焼きにしてありますから、すぐに食べることができます。牛肉の味噌漬に劣らず、こちらも精がつきます」

「丸焼きですか。それはありがたい」

つと、瞬きのない目で重三郎がじっと見てくる。

「月成さん、でしたら明日には枕を上げられそうですか」

「もちろんですよ」

重三郎を見つめ返して、平格は力強い声で答えた。

「もうたっぷりと休みましたから、明日からばりばりと働かねばなりませぬ。著作のほうもがんばりますよ。明日から再開しようと考えています」

「正直いえば、そのお言葉を聞きたかった」

ほっとしたように重三郎が肩から力を抜き、すぐに花が咲いたように破顔する。

この重三郎の笑顔を目の当《ま》たりにすると、なんでもやってやろうという気になってくるから、不思議なものだ。

まだ三十歳にもなっていないが、蔦屋重三郎という人物は、それほど魅力に富んでいる。

「できれば、来年のうちには月成さんの著作を刊行したいと考えているのですが、いかがでしょう」

よく光る目で重三郎が平格をじっと見る。

「そうですね。今の予定ですと、来年の夏頃にはなんとかできるかもしれませぬ」

「それはありがたい。夏に仕上げてくだされば、年内に刊行できましょう。月成さん、どうか、よろしくお願いします」

重三郎が深々とこうべを垂れる。

「わかりました。蔦屋さんのために、がんばりますよ」

平格は力強く請け合った。

面を上げるや重三郎が居住まいを正した。

「それで月成さん、平賀源内さんのことですが」

「ああ、いかがでしたか。源内さんの身になにか起きておりませぬか」

「いえ、なにも起きておりませんよ。ご安心ください」

「それはよかった」

「昨日、源内さんにお目にかかってきました。お元気そうでしたよ」

「さようですか。ああ、福助はどうでしたか。元気にしていましたか」

「福助さんは、まだお若いですからね。生き生きとされていましたよ」

「それを聞いて安心しました」

平格は体から力が抜けるのを感じた。

——あの晩のことは、どうやら杞憂《きゆう》だったようだな。源内さんと福助になにもなくて、本当によかった。

平格は心の底から安堵《あんど》した。

二

明くる朝の目覚めは、すっきりしていた。

完全に体調が元に戻ったことを、平格は確信した。

粥ではない朝餉をとった。

久しぶりの米の飯は、涙が出るくらいうまかった。

食後、すぐに書斎へ行って文机《ふづくえ》に向かい、墨をすりはじめた。

これから朝の五つまで執筆に励み、そのあとに出仕するのである。風邪を引いて寝込むまで、当たり前にしていたことだ。

平格の住まいは佐竹家の上屋敷内にあり、どんなに執筆に夢中になったところで、遅刻などあり得ない。

去年の安永六年（一七七七）の初春、朋誠堂喜三二名義で、『親敵討腹鞁《おやのかたきうてやはらつづみ》』『女《おんな》嫌変豆男《ぎらいへんなまめおとこ》』『南陀羅法師柿種《なんだらぼうしのかきのたね》』『鼻峰高慢男《はなのみねこうまんおとこ》』『珍献立曽我《めずらしきこんだてそが》』『桃太郎後日噺《ももたろうごにちばなし》』という六冊が鱗形屋から一気に刊行されたが、これらの著作もこの四畳半の書斎で書いたものだ。

本音をいえば、来年ではなく今年中にも蔦屋から著作を刊行したい。

だが、これまで世話になってきた鱗形屋に義理を欠くわけにもいかない。

――いずれにしても、徐々に蔦屋さん向けの著作を増やしていければよいのだ。今はそうするしかない。

今の平格は、とにかく重三郎を喜ばせたいとの気持ちが強いのである。

今朝は、むしろ体が軽いくらいになっている。風邪を引いたことで大量に出た汗と一緒に、体の悪いものが一気に外に出ていったような感じだ。

平格はこれまでの鬱憤《うっぷん》を晴らすかのように書き進めた。

筆がぐんぐんと乗ってくる。

はっとして、平格は筆を止めた。そろそろ出仕の刻限である五つが近いのではないか、という気がした。

もう少し書きたいという気持ちを残して筆を置くくらいが、ちょうどよいのを平格は知っている。

渇望感があったほうが、次に文机に向かったとき執筆も進むのだ。

――よし、今日はここまでだ。明日もこの調子で書くことにしよう。

筆の運びは、思っていた以上によかった。平格は満足だった。

——今日、出仕したらまずすべきことは、長く休んで迷惑をかけたことを皆に詫《わ》びることだな。それが人として筋であろう。

勤め人として平格がそんなことを考え、着替えなどの支度をすっかり終えたとき、清江が書斎にやってきた。

「あなたさま、お客さまです」

——こんな朝早くに客だって……。

平格は意外な思いを抱いた。

「どなたかな」

「お目付の松渕《まつぶち》さまでございます」

——目付の松渕どのだと。

「どんな用件か、松渕どのはおっしゃったか」

「いえ、なにもおっしゃいませぬ。あなたさまにお目にかかりたいとだけいわれました」

そうか、とつぶやいた平格の眉根《まゆね》は自然に寄った。

「松渕どのが自ら見えたのだな。使者をよこしたのではなく……」

「はい、お一人です」

松渕京一郎《きょういちろう》は、二人いる江戸詰の目付の一人である。普段は温和な男だが、もう一人の目付より仕事ぶりは峻烈《しゅんれつ》と聞いている。

もっとも、京一郎は平格の剣術の門人であり、性格はよく知っている。

互いに忙しいために十日に一度くらいでしかないが、平格は愛洲陰流の剣術を、上屋敷内の道場で京一郎に教えているのだ。

その京一郎が、こんなに朝早くからどんな用事で来たのか。

——まさか見舞いではあるまい。忠吉の件で話を聞きたいのだろうか。

そんなことを頭に巡らせつつ、平格は玄関に出た。式台に立ち、京一郎に丁寧に朝の挨拶《あいさつ》をする。

「松渕どの、おはようございます」

目付らしいというのか、堅苦しさすら感じさせる姿勢で京一郎も挨拶を返してきた。

「お師匠、いえ、平沢どの、朝早くから畏れ入ります。お体のほうはいかがですか」

平格はにこりとした。

「おかげさまで本復いたしました」

「お見舞いにもうかがわず、まことに失礼いたしました。心からお詫びを申し上げます」

「いや、そのようなことはよいのですよ」

やんわりといって、平格は京一郎をじっと見た。

平格の眼差《まなざ》しを受けて京一郎が咳払《せきばら》いする。

「実は、平沢どのに是非とも見ていただきたいものがありまして。ご出仕前のお忙しいときにまことに申し訳ないのですが、それがしと同道していただけませぬか」

「もちろん構いませぬ」

一顧だにすることなく平格は快諾した。

「かたじけない」

ほっとしたようにいい、京一郎がくるりと体を返した。

すぐさま雪駄《せった》を履き、平格は京一郎のあとについて外に出た。心配そうに見送っている清江に気づき、案ずるな、というようにうなずいてみせる。

京一郎は上屋敷の御殿側に行かず、長屋門のほうへと向かった。

——それにしても、俺に見せたいものとはいったいなんだろう。

京一郎の背中に問いをぶつけたかったが、平格は我慢した。あと少しで、それを目の当たりにできるはずなのだ。

長屋門内に入った京一郎は、二階に設けられている長屋につながる梯子《はしご》のような階段を無言で上っていく。

平格もそのあとに続いた。

長屋門内に足を踏み入れるのは久しぶりだ。この長屋は、参勤交代で久保田から勤番侍たちがやってきたときにはあふれんばかりになるが、今はほとんど人がおらず、がらんとした空気が漂っている。

もちろん、定府の家臣の中でも、ここに居住している者がいないわけではない。

「こちらです」

京一郎が足を止めたのは、突き当たり近くの一室の前である。

がっちりと閉まっている板戸のところに、京一郎の配下である二人の侍が、門衛のように立っていた。

二人とも、京一郎の許しなくば決して誰も入れぬ、という決意の色をくっきりと浮かべている。

この長屋の一室に誰が住まっているか、平格はよく知っている。

鴨志田《かもしだ》昭之進《あきのしん》といい、二十五歳で独り者である。両親ともすでに鬼籍に入っており、兄弟もいない。

昭之進は上屋敷で蔵番をつとめており、給米は三十俵である。絵を趣味としており、雲臨《うんりん》という雅号を持っている。

実際、絵という共通の趣味もあって、平格は昭之進と親しくしていた。

――まさか鴨志田どのの身に、なにかあったのではなかろうな。

平格はごくりと唾を飲み込んだ。

――いや、妙なことを考えるな。

平格は自らを戒《いまし》めた。

二人の配下にうなずきかけてから、京一郎がからりと板戸を開けた。

二畳ほどの板間の先に六畳間があり、その隅《すみ》のほうで昭之進らしい男が、うつぶせになっているのが見えた。

一瞬、眠っているのか、と思ったが、体の横に血だまりのようなものが広がっているのが目に留まり、平格はぎくりとした。

――まさか死んでいるのではあるまいな。

顔を上げ、平格はかたわらに立つ京一郎を見つめた。

「鴨志田昭之進どのは、刃物で胸を一突きにされておりもうす」

低い声で、京一郎が告げた。

「ええっ」

のけぞるようにして平格は驚いた。

——やはり死んでいるのか……。

「なにゆえそのようなことに……」

京一郎に問う声が、かすれているのを平格は知った。

「それは、まだわかりませぬ。これからの調べで明らかになっていくものと思われます」

大きく息を吸い込むことで、平格は気持ちを落ち着けようとした。

——それにしても、俺はなにゆえこの場に呼ばれたのか。まさか下手人として疑われたのではあるまい。

仮にそうだとしても、疑いを晴らすのはそう難しいことではないはずだ。

「松渕どの、それがしに見せたいものというのは、鴨志田どのの骸《むくろ》ですか」

気を取り直して平格はきいた。

「いや、そうではありませぬ」

すぐさま京一郎がかぶりを振った。

「前にうかがいましたが、平沢どのは絵にも造詣《ぞうけい》が深うございましたな」

「絵に関しては、造詣というほどのものは持ち合わせておりませぬ」

「ご謙遜《けんそん》を」

まじめな顔を崩すことなく京一郎がいった。

「実は、平沢どのに一枚の絵を見ていただきたいのです」

「それは、鴨志田どのが描《か》いた絵ですか」

「だと思います。では、こちらにいらしてください」

京一郎が先に立って部屋に入った。平格も足を踏み入れた。

――どうやら絵にそこそこ詳しいこともあって、俺は呼ばれたのだな。下手人として疑われたわけではなかったのだ。

そのことに平格はなんとなくほっとしたが、今はそんなことで安堵の息をついている場合ではない。

歩を進めた平格は、部屋の隅ですでにかたくなっているように見える昭之進を凝視した。合掌し、両目をつぶる。

――まことに哀れな。このような死に方では成仏できまい。

込み上がってくる苦い思いを嚙《か》み殺して、平格は目を開けた。

血だまりの大きさからして、昭之進がこの場で殺されたのは明らかであろう。

「鴨志田どのが殺されたのは、いつのことですか」

顔を転じて平格は京一郎にきいた。

「観徹《かんてつ》どのにうかがったのですが、昨夜遅くではないかとのことです」

観徹とは、上屋敷に常駐している医師である。酒の飲み過ぎでときおり手が震えるらしいが、腕は変わらずよいという。

「昨夜遅く……」

再び目を閉じ、平格は考えた。

——深更にこの部屋に誰かいたのか。それは誰なのか。

「昨晩、鴨志田どのには客があったのですか」

「いえ、長屋門の門衛に話を聞いたのですが、なかったそうです。それに、蔵番というつとめの者に、それほど遅い刻限に客があるとは思えませぬ」

「では、何者かが鴨志田どのを殺すために、この部屋に忍び込んだということですか」

これは容易ならぬことだな、と平格は慄然《りつぜん》とした。

「鴨志田どのを殺すために忍び込んだのか、それとも、忍び込んだところを鴨志田どのに気づかれたために殺したのか、そこのところはまだわかりませぬ」

——ああ、なるほど、そういう見方もあるのだな。やはり俺は素人に過ぎぬな。

平格は顔をしかめた。

「とにかく、この部屋に忍び込んだ者がいたということだけは、まちがいないものと思われます」

昭之進が暮らしていたこの六畳間には、簞笥《たんす》と文机くらいしか調度はない。簞笥の引出しが、すべて荒々しく開けられていた。文机の引出しも同様である。

「下手人はなにかを探していたようですね」

京一郎に目を当てて平格はいった。

「おっしゃる通りです」

「なにを探していたのか、わかっているのですか」

「いえ、それもまだわかりませぬ」

京一郎が話題を変えるようにきいてきた。

「鴨志田どのの絵の師匠は、高名な小田野直武《おだのなおたけ》どのと聞きましたが、まことですか」

まことです、と平格は答えた。

「鴨志田どのは、小田野どのから絵を学んでおりました」

小田野は『解体新書』の挿絵を描いた絵描きとして著名である。

小田野は佐竹家の家臣であるが、正確にいうと、佐竹一門で角館《かくのだて》を領している佐竹北家に仕えている。

もっとも、これは寄騎《よりき》としての扱いなので、小田野が佐竹家の直臣《じきしん》であるのは、まちがいない事実だ。

五年前に久保田領内に鉱山開発のためにやってきた平賀源内に絵の才能を見込まれて江戸に出てきて以来、佐竹義敦じきじきに許しを得て小田野は源内の屋敷で暮らしており、佐竹家の上屋敷には住していない。

「平沢どのに足を運んでいただいたのは、この絵をご覧いただくためです」

文机の上に置かれていた絵を取り上げ、京一郎が平格に手渡した。

受け取った平格は、すぐさま絵に目を落とした。

風景画である。

人物の色使いや建物の陰影など、さすがに素人離れしたうまさだ。この絵は、蘭画《らんが》の影響を受けているのはまちがいない。

源内から蘭画の教えを受けた小田野から、昭之進は絵を学んでいたのだから、それは当然のことだろう。

絵の端が血で汚れていることに、平格は気づいた。これは昭之進の血ではないか。

それとも、下手人のものというのも考えられるのか。

「この絵は、文机の上にあったのですか」

絵から目を離し、平格は京一郎にたずねた。

「いえ、畳の上にありもうした」

すぐさま京一郎がどういうことか説明する。

「大きさからして、その絵はおそらく文机の引出しにしまわれていたのではないでしょうか。それを下手人が引っ張り出し、なんの関心も抱くことなく放《ほう》り投げたのではないかと、それがしはみておりもうす」

「下手人が引っ張り出し、放り投げた……」

「胸を刺された鴨志田どのは絶命する前に這《は》いずって近づいたのか、まるで絵に向かって手を伸ばしているように見えもうした」

それで絵の端が血で汚れているのか、と平格は納得した。

「鴨志田どのは、なにか伝えたいことがあって自らが描いたこの絵に手を伸ばしたのではないか。そう考えて、それがしは平沢どのに来ていただきもうした」

昭之進が伝えたいことがこの絵に込められているのなら、心して見なければならぬ、と平格は思った。

――つまり、判じ絵の類《たぐい》なのか。この絵には、下手人を指し示すものが描かれているということか……。

そうでなければ、胸を刺されて絶命寸前にもかかわらず、全力を振りしぼってこの絵に近づくような真似《まね》はしないのではないか。

「絵はこの一枚ですか」

「その通りです。ほかには一枚も見当たりませんでした」

両手でしっかりと持ち、平格は改めて絵をじっくりと見た。

そこには江戸の町なのか、侍の一行が道を歩いている図が描かれていた。

主人らしい者が馬上におり、あとの五人は供なのだろう。

一行の横には、こぢんまりとした神社も描かれており、鳥居が右端に見えている。

絵の上部では、入江そばに開けた田んぼの脇を走る道を早馬が駆けており、その背後には富士山がくっきりと望める。

ほかにも、入江近くで二つの凧《たこ》が揚がっている。

一つは風に流されたのか、落ちかかっているように見える。その下には米俵らしいものがあった。

落ちかかっているその凧には兜《かぶと》をかぶった武将が描かれており、『松信』という字も記されている。

——この武将はいったい誰だろう。高名な武将で、松信などという名を持つ者がいたかな……。

内心うなるような思いで、平格は首をひねった。

もう一つの凧には、両手を突き出している相撲取《すもうと》りが描かれていた。こちらには、名とおぼしきものはなにも書かれていない。

ふーむ、と平格は鼻から太い息を吐いた。

——俺にはただの風景画にしか思えぬ。

正直なところ、平格にはなにもわからない。

ふと、馬上の侍の着物に『十』の家紋が入っていることに気づいた。

——これは島津《しまづ》の侍ということなのか。

だが、とすぐに平格は思った。島津家の家紋は丸に十の字だが、これはただの十でしかない。

——島津家も、遠い昔はただの十が家紋だったという話を聞いたことがあるが……。

ほかになにかないか、と思って平格は絵をさらに見つめた。

入江そばの道を走る早馬に注目する。

じっと見続けたが、結局のところ、これに関しても読み取れることはなかった。早馬は、そこにただ描かれているだけにしか見えない。
――ふーむ、さっぱりわからぬ。
今のところ、平格は首をひねることしかできなかった。

三

絵を手に持ちながら目を閉じた。
その上で平格は深く呼吸した。
そうだ、と平格は思いつき、さっと目を開けた。
――この絵を、蔦屋さんに見てもらうのはどうだろう。
とてもいい手のように思えた。
これまで重三郎は、多くの絵師を見てきているはずだ。絵に対する目も肥えていよう。
――おそらく、絵に対する造詣の深さで、江戸で蔦屋さんの右に出る者はおるまいよ。
平格は重三郎をそれだけ高く評価しているのだ。

──この絵を見てもらい、蔦屋さんから助言をもらえば、事件解決のきっかけになるかもしれぬ。

そうすれば、昭之進の無念を晴らすこともできる。

──よし、さっそく見せに行こう。

決断した平格は、間髪を容《い》れずに京一郎に申し出た。

「この絵を借りてもよろしいですか」

まさかそんなことをいわれるとは思っていなかったらしく、京一郎は驚いたようだが、その思いを面《おもて》にあらわすことなく、すぐにうなずいた。

「もちろんですよ。平沢どの、なにかよい考えが浮かんだのですね。ええ、どうぞ、遠慮なくお持ちください」

「かたじけない。決してなくさぬよう、大事に扱います」

「承知いたしました。どうか、よろしくお願いいたします」

京一郎の許しを得て、昭之進の絵を家に持ち帰った平格は玄関に立ったまま、清江に風呂敷《ふろしき》を出してくれるよう頼んだ。

なにごともなく平格が無事に戻ってきたことに安堵の表情を浮かべた清江が、きれいにたたまれた風呂敷を持ってきた。

「あなたさま、なにがあったのですか」

式台にひざまずいた清江が、風呂敷を渡しつつきいてきた。

「驚かずに聞いてくれ」

風呂敷を手にした平格は絵を丁寧に包んだ。

「だが、驚くなというほうが無理だな。実は、鴨志田どのが殺されたのだ」

「ええっ」

清江も平格と同様に仰天した。

「ま、まことですか」

「ああ、部屋で刺し殺されていた」

「かわいそうに」

まるで親しい血縁が死んだかのように清江がうなだれる。

――かわいそうか。確かにその通りだ。二十五の若さで逝ってしまうなど、かわいそうとしかいいようがない。

「誰に殺されたのですか」

「それはまだわからぬ」

「その絵は、鴨志田さまが描いたものですか」

「そうだ。下手人につながる手がかりではないか、と松渕どのはいっていた」

「そんな大事なものを、あなたさまがお持ちになっても大丈夫なのですか。あなたさまは意外にそそっかしいですから」

清江は心配そうな顔をしている。

「まあ、大丈夫だろう。そそっかしいのは確かだが、この絵は決してなくさぬ。清江、案ずるには及ばぬ」

「はい、わかりました」

「では、ちょっと蔦屋さんに行ってまいる」

平格は行き先を告げた。

「蔦屋さんにその絵を見ていただくのですね」

「そうだ。もしや判じ絵の類ではないかと思ってな。今日こそは出仕しようと思うていたが、役目よりも鴨志田どのの無念を晴らすほうが大事であろう」

「はい、おっしゃる通りだと思います」

清江が力強くいった。それを聞いて平格はにこりとした。

「そなたも俺と同じ考えか。清江、うれしく思うぞ」

その言葉に清江が温和に笑んだ。

愛する妻の笑顔に見送られて平格は風呂敷包みを手に、佐竹家の上屋敷をあとにした。

重三郎が店を構えている浅草を目指して道を急ぐ。

——忙しいお人だから、もしや他出されているかもしれぬな。

そんな危惧《きぐ》が思い浮かんだが、幸いにも重三郎は店にいた。

店先に多くの書物が陳列されている本棚が置かれており、障子がすべて開け放たれた向こう側に広がる畳敷きの間で、重三郎と同じような歳の頃《ころ》の男と話し込んでいるのが見えたのだ。

あまりに熱心にその男と語らっており、重三郎は平格に気づかない。

それだけ熱がこもっている話の邪魔をするのも悪い気がして、平格は店先に並べられている書物をしばらく眺めることにした。

——ふむ、鱗形屋さんに比べたら、品揃《しなぞろ》えが少ないかな。

陳列されているのは細見《さいけん》など吉原関連のものが多く、一見したところ華やかではあるものの、なにか物足りなさを覚える。

——おそらく、これと同じ思いを蔦屋さんも抱いておられるのだろう。だから、俺や寿平に作品の依頼をしきりにしておられるにちがいあるまい。蔦屋さんは、江戸一の書物問屋を目指しているのではないか。あの絵師らしい男も、そのための一人かもしれぬ。

それから四半刻《しはんとき》ばかりして、重三郎と男の話は終わった。人なつこそうな笑みを漏らし、男が立ち上がった。沓脱《くつぬぎ》で雪駄を履く。

店先にいる平格に気がつき、ちらりとこちらを見たものの、なにもいわずに蔦屋を出ていった。

「あっ、月成さん」

店先に平格が立っていることに気づいた重三郎が畳を滑るように寄ってきて、端座した。

「お待たせしてしまいましたか」

いかにも済まなそう顔で重三郎がきく。笑みを浮かべて、平格はかぶりを振った。

「いえいえ、大して待っておりませぬよ」

平格を見上げて重三郎が眉《まゆ》を曇らせる。

「どうも人と会ったり、物事に没頭したりすると、熱中しすぎてまわりが見えなくなることがありましてね……。書物問屋のあるじとして、こんなのではいかんと思っているのですが、なかなか直りません」

「蔦屋さんが、それだけ真剣に仕事に取り組んでいる証《あかし》ですから」

「しかし、もっと視野を広げないといかんでしょうね。それでも、月成さんにそういっていただけると、心が少し軽くなりますよ」

瞬きのない目で重三郎が平格を見つめる。相好を崩した。

「月成さん、お顔の色もよろしいですね。すっかり元気になられたようで、なによりです」

平格も笑顔になった。

「昨日、さっそく朱雀鶏をいただいたのですが、しっとりとしたやわらかな肉で、こくのある味わいが最高でしたよ。それがしは鶏が大の好物なのですが、これまで食べた鶏で一番おいしかった」

「ああ、それはよかった」

重三郎がうれしそうに笑う。その笑顔に心弾《はず》むものを感じつつ、平格はいった。

「朱雀鶏の前日にいただいた牛肉の味噌漬も効き目がありましたが、朱雀鶏がそれがしの風邪にとどめを刺してくれたようです。こうして元気になったのは、蔦屋さんのおかげです。まことにありがとうございました」

感謝の意を込めて平格は深々と腰を折った。

「いえいえ、手前などなにもしていませんよ」

　穏やかな口調でいって、重三郎が小さく手を振る。

「結局、風邪を治すのにはただ寝ているしかありませんから、月成さんがひたすら養生につとめられたのがよかったのですよ」

「それでも、蔦屋さんの持ってきてくださった牛肉の味噌漬と朱雀鶏のおかげで治りが早くなったのはまちがいないでしょう」

「それならば、お持ちした甲斐《かい》があったというものですね」

　すぐに表情を引き締め、重三郎が背筋を伸ばした。

「それで月成さん、今日はいかがされました。風邪が治ったばかりなのに、わざわざ足をお運びくださったのは、なにかのっぴきならぬ用事があるからではありませんか」

「ええ、おっしゃる通りです」

　笑みを消し、平格は即座にまじめな顔になった。

「実は、蔦屋さんのお知恵を拝借しようと思いまして、まかり越しました」

「ほう、手前の知恵ですか」

　少し意外そうに重三郎がいった。

「はい。それがしが解くには、ちと難しいものですから」

「いま解くとおっしゃったが、では謎《なぞ》解きの類でこちらにいらしたのですか」

「さようです。たぶん、判じ絵だと思うのですが」

「ほう、判じ絵ですか」

その手のことが大好きなのか、重三郎が目を輝かせた。

その顔を見て、ここに来たのはやはり正しかったようだな、と平格は確信した。

重三郎の目が、平格が手にしている風呂敷包みに当てられた。

「その風呂敷に判じ絵がしまわれているのですね。月成さん、お上がりください」

「ありがとうございます。失礼いたします」

黒光りする沓脱石で雪駄を脱ぎ、平格は畳敷きの十畳ほどの間に上がった。出された座布団に遠慮なく座す。

着物の裾《すそ》を払って、向かいに重三郎が端座する。

「見ていただきたいのは、こちらです」

畳に置いた風呂敷包みをほどき、平格は中から昭之進の絵を取り出した。

「どうぞ、ご覧になってください」

平格は重三郎に絵を手渡した。

「では、拝見させていただきます」

一礼して手に取った重三郎が、絵に目を落とす。ややあって顔を上げ、平格を見つめる。

「月成さんがおっしゃるように、これは判じ絵でまちがいないようですね」

確信を感じさせる口調で重三郎が断じた。

「やはりそうでしたか」

我が意を得たりという思いで、平格は首を縦に動かした。

「その絵をなんと読み取ればよいか、蔦屋さん、おわかりになりますか」

「月成さんほどのお方でも、おわかりになりませんか」

微笑とともに重三郎がきく。平格はわずかに顔をしかめた。

「正直なところ、それがしにはさっぱりわかりませぬ。屏に描かれている武将は、もしやすると松平信康《のぶやす》公ではないかと考えているのですが……」

これは、ここにくるまでの道々思いついたことだ。松信という武将にはまるで心当たりがなく、これはもしや姓と名の組み合わせではないかとひらめき、そうしたら、即座に松平信康という名が浮かんできたのだ。

「ええ、これは神君家康《いえやす》公のご嫡男だった松平信康公でしょうね」

「ああ、やはりそうでしたか」

俺もまんざらではないな、と平格は誇らしかった。

「ここに、小さく三葉葵《みつばあおい》らしいものが描かれていますから、松平信康公でまずまちがいないでしょう」

「えっ、三葉葵ですか」

それにはまったく気づかなかった。首を伸ばし、平格は絵をのぞき込んだ。

「こちらですよ」

絵を平格に見えやすい角度にして、重三郎がそっと人さし指を置く。

「ああ、本当だ」

我知らず平格は声を上げていた。

凧に描かれた武将の兜に、小さく三葉葵らしいものが描かれている。昭之進の部屋で目付の京一郎にこの絵を見せられたとき、この三葉葵は瞳《ひとみ》に映り込んでいたはずなのに、うっかりと見逃したのだ。

――やはり俺はまだまだだな。

顔をしかめつつ、平格は座布団の上で身じろぎした。

そこに、蔦屋の若い奉公人が茶を持ってきた。茶托《ちゃたく》の上に二つの湯飲みを丁寧に置いていく。

「月成さん、どうぞ、召し上がってください」

重三郎にいわれ、では遠慮なく、と平格は蓋を取って湯飲みを手にした。

熱い茶をすする。甘みが強く、とろりとしている。

最後にほのかな苦みがやってきて、口中をさっと洗い流してくれるような心持ちになる。

気持ちが和む味である。

「ああ、とてもおいしいですね」

ほっと息をついて平格はいった。

「客人にお出しする茶には、特に気を遣っております。お気に召していただけたようで、うれしいですよ」

両手で持ち直し、重三郎が再び絵を凝視する。ふむ、とうなるような声を発した。

「これは、ただならぬことですね」

絵に眼差しを据えたまま、重三郎が厳しい口調でいった。

「えっ、ただならぬというのはどういう意味ですか」

わけがわからず平格はたずねた。目を上げ、重三郎が平格を見てくる。

「月成さんは、松平信康公の命日をご存じですか」

いきなりそんなことをきかれて、平格は戸惑った。

「命日ですか。いえ、存じませぬ」

これまで松平信康について、関心を抱いたことなどほとんどないのだ。

「松平信康公の命日に、なにか重大な意味があるのですか」

「そういうことです。月成さん、松平信康公の命日は九月十五日ですよ」

「九月十五日。――えっ、明日ではありませぬか。その絵は、明日なにか起きるということを暗示しているのですか」

ええ、と重三郎が顎を引いた。

「ほかにもいろいろ暗示していることはありますが、一番に伝えたいことは、九月十五日に起きることについてだと思います」

いろいろと暗示していることがあるのか、と平格は思った。

――俺は松平信康公のことしかわからなかった。やはり蔦屋さんは大したものだな。

「明日、いったいなにが起きるのですか」

勢い込んで平格はきいた。

「たぶん押し込みでしょう」

気負うことなく重三郎がさらりと答えた。

「ええっ、押し込みですか」

平格は仰天し、自然に腰が浮いた。すぐに冷静さを取り戻す。

——その絵のどこに、押し込みを暗示することが描いてあったのだろう。

座布団に腰を預けた平格は、はっとした。

「もしや、もう一つの凧に描かれた相撲取りが両手を突き出している図が、押し込みを意味しているのですか」

「ええ、手前には、そういうふうにしか読み取れません」

重三郎が平静な表情を崩すことなくうなずく。

「押し込みといえば——」

ごくりと唾を飲んで平格はいった。

「いま府内を騒がしている押し込みがいますが、もしやそれでしょうか」

ひと月に一度ずつだが、これまでに江戸の大店《おおだな》が四軒も押し込みにやられ、大金を奪われているのだ。

最初の三軒は、やり口は押し込みらしく荒っぽかったものの、死人は出なかった。

だが、ひと月前にあった丈田屋《たけだや》という油問屋での押し込みの際に、初めて死者が出たと平格は聞いている。

久保田家に出入りしている北町奉行所の定廻り《じょうまわ》同心が、いまだにその押し込みを捕縛できていない悔しさを、町でばったりと会ったとき語ったことがある。

そのとき平格は、真剣に耳を傾けていたものの、どこか他人事《ひとごと》のように聞いていた。だが、鴨志田昭之進という近しい者がその押し込みに関係していたことになる。驚愕するしかない。

「ええ、この絵はその押し込みに関して描かれたのではないかと思います」

重々しく重三郎が首肯する。すぐさま平格は口を開いた。

「それがしは北町の定廻り同心から、押し込みはいまだに人数がはっきりしておらぬと聞きましたが、もしや六人組ということでしょうか」

期待を抱いて平格は問いを放った。

いいえ、と案に反して、重三郎がかぶりを振った。

「この馬上の侍の一行は、押し込みの人数をあらわしているのではないと思います」

すぐさま重三郎が説明をはじめる。

「先ほどの月成さんの話では、鴨志田さんを手にかけた下手人は、この絵を実際に目にしたわけですね」

ええ、と平格は相づちを打った。

「下手人は、文机の引出しに入っていたその絵を投げ捨てたらしいのです」

それを聞いて重三郎が首を縦に動かした。

「もしこの絵に押し込みの人数が描かれているとするなら、鴨志田さんの部屋でなにかを探していた下手人が、そのことに感づかないはずがない。しかし下手人は、この絵を持ち去らなかった。押し込みとはなんら関係のないことが描かれていると判断したから、この絵はその場に放っておかれたのではないでしょうか」

「なるほど」

すんなりと平格は納得した。

「――蔦屋さん。明日の晩、どこぞの店が押し込みに遭うというのですか」

「まちがいなくそうでしょう。ところで月成さん、多胡屋《たこや》というような名の大店をご存じですか」

これはもしや、と平格は考えた。凧が多胡屋に通ずるということだろうか。

「多胡屋のような名で大店……」

目を閉じ、平格は心当たりを探った。すぐにまぶたを持ち上げ、重三郎を見る。

「多胡屋という大店は存じませぬ。多胡屋でなく、それに近い名で大店というと……。

か」

「ああ、田光屋《たこうや》なら、耳にしたことがあります。あれは、赤坂のほうではないでしょうか」

「その田光屋さんは、なにを扱っている店ですか。米ですか」

「ええ、はい、米問屋ですね」

なにゆえ米問屋だとわかったのだろう、と平格は思ったが、すぐに答えは出た。松平信康が描かれた凧の下にある米俵が、米屋をあらわしているのではないか。

「明日の夜、米問屋の田光屋さんが狙《ねら》われるのではないかと、手前は思います」

「では、その旨を番所に知らせておいたほうがよいでしょうね」

「ええ、そうされたほうがよいでしょう」

いったん言葉を切った重三郎が、再び口を開いた。

「『とりい』というのが、おそらく押し込みの首領の名字です」

「とりいが首領の名字……」

そんなことは考えもしなかった。

「馬上の侍についている五人の供は、おそらく首領の名を意味しているのではないでしょうか。『ともごろう』というような名ではないかと思います。あるいは別の名かもしれませんが、これと似たような名であるのは、まちがいないと思います」

「首領の名はとりいともごろう……」

平格はつぶやくことしかできなかった。

――鳥居友五郎とでもいうのだろうか。

重三郎が絵を見つめて口を開いた。

「このとりいともごろうは、忍びかもしれません」

「ええっ、忍びですか。なにゆえそのようなことがわかるのですか」

「この十の家紋ですよ」

馬上の侍の着物に重三郎が指を置く。

「とりいともごろうの着物に描かれた家紋は、薩摩《さつま》の島津さまのことを指しているわけではないと思います。佐竹さまの上屋敷に深夜、誰にも気づかれることなく忍び込んだことから、忍びの心得がある者にちがいありません。もともと忍びの術は、偸盗《ちゅうとう》術からはじまったとも聞きますし」

重三郎が、平格から絵をよく見えるようにする。

平格は、そこに書かれた十という字を見つめた。もしや、とひらめくものがあった。

「では、この『十』というのは、忍者が使うという十字手裏剣のことですか」

「そうではないかと思います」

「忍びか……」

まさかそんな者が出てくるなど思いもせず、平格は呆然《ぼうぜん》とせざるを得なかった。

「しかし蔦屋さん、今の世に忍びなどいるのですか」

その平格の言葉を聞いて、重三郎がにこりとした。

「今もご公儀には、伊賀《いが》衆や甲賀《こうが》衆、根来《ねごろ》衆などがいらっしゃいますよ」

「それはそれがしも存じております。だが忍びの術など、すでに絶えた、廃《すた》れたといわれていますが」

「いえ、それが、そういうわけでもないようです」

やんわりとした口調で重三郎が否定した。

「忍び衆の中には、本物の忍びの術を身につけた遣い手、手練《てだれ》がいるという話を聞いたことがあります」

平格に眼差しを注いで、重三郎が言葉を続ける。

「戦国の昔に培《つちか》われた技は、その頃のすさまじさはさすがに失われたかもしれませんが、今も連綿と伝えられているようですよ」

「はあ、そういうものなのですか」

物書きだから物知りだろうといわれたりもするが、この世にはまだまだ知らぬことのほうが多いのを平格は実感した。

「では、伊賀衆、甲賀衆、根来衆といった公儀の者が押し込みに関《かか》わっているのですか」

そのことに衝撃を受けつつ平格はきいた。

「ええ、残念ながら、そういうことになると思います」

唇を嚙《か》み締めるように重三郎がいった。

「それと月成さん、この絵にはもう一人、押し込みらしい者が描かれています」

いったいどこに描いてあるのだろう、と平格は思い、再び絵をじっくりと見た。一つ目にとまったものがある。

「もしや、この早馬ですか」

目を上げて重三郎を見、平格は絵に向かって指をさした。

「さようです」

絵を手にして満足げに重三郎がうなずく。

「この早馬が押し込みの名をあらわしているのですか」

「いいえ、そうではなく、この早馬は公儀における役目を意味しているのではないかと手前は思います。早馬というと、月成さんはどんな役目を思い浮かべますか」

「早馬ですか。さようですね」

畳を見つめて平格は考え込んだ。

「厩番《うまやばん》とか、使番とかでしょうか」

「おっしゃる通りです。押し込みのもう一人は、使番だと手前は考えます」

「ええっ、そうなのですか」

平格はその場で跳び上がりそうになった。

「厩番では馬に乗っているというのは、考えにくい。戦場を疾駆し、早馬の役目を持つ使番のほうが、この場合しっくりきます」

なるほど、と平格は思った。

「とりいいいとものように、この使番のほうの押し込みの名はわかりますか」

「名字は磯田《いそだ》でまちがいないでしょう」

重三郎があっさりと断定した。

「ああ、それは入江そばの田んぼから、磯田ということですね」

平格は感心するしかない。

「名のほうはいかがですか」

口を引き結び、重三郎がわずかに難しい顔をする。

「名ですが、いい切れるものはありません。富士山が関係しているのは、まちがいないと思います」

「富士山が関係した名ですか。──富士五郎とか富士太郎とか富士之助、富士之進とかの類でしょうか」

「富士山の富士ではなく、藤原《ふじわら》の藤を当てるのかもしれませんが、とにかくいま月成さんがおっしゃったような名で、まちがいない気がします」

「とりいともごろうと磯田ふじたろうという二人が、押し込みの首謀者と考えてよろしいのですね」

「はい、まちがいないと思います。ほかにも押し込みの仲間はいるのかもしれませんが、首謀者はその二人でしょう」

重三郎が深いうなずきを見せた。

その自信ありげな様子を目の当たりにした平格は、自分が口にしたばかりのいくつかの名を胸に刻み込んだ。

眉根を寄せて平格は重三郎を見つめた。

「考えたくはありませぬが、ここまで克明に絵に残している以上、鴨志田がこたびの押し込みに関係していたことは、まちがいないでしょうね」

首を振り振り一息つき、平格は再び茶を喫した。

「しかし、なにゆえ鴨志田は、殺されなければならなかったのでしょう」

ふと疑問に思ったことを平格は口にした。

「月成さん、おわかりになりませんか」

真剣な顔で重三郎がきいてきた。

「鴨志田は仲間を裏切ったということでしょうか」

「確かに裏切りとみられたのかもしれません」

一拍置いて重三郎が言葉を続ける。

「確か、こたびの押し込みの者どもは、三軒目までは誰も手にかけなかったが、四軒で初めて殺しを行ったということでしたね」

確認するように重三郎がきいてきた。

「おっしゃる通りです。殺されたのは、丈田屋という油問屋の番頭だったと思います」

「多分、番頭さんを殺したことに嫌気がさし、鴨志田さんはもう押し込みはこれきりにすると、磯田たちに告げたのではないでしょうか」

「それを裏切りとみられて、鴨志田は殺されたのですか」

「もしまた殺しを行うのなら、御番所に訴え出るとでも鴨志田さんは、いったのかもしれません。とにかく、丈田屋さんでの殺しを境に、鴨志田さんは押し込みの仲間から外れることを決意したのでしょうね」

「では鴨志田は、口封じに殺されたということですか」

「次に押し込みの仲間がどこを襲うか、そのことをすでに鴨志田さんは知っていた。それを漏らされることを、押し込みの磯田たちは恐れたのかもしれません」

「でも蔦屋さん、押し込みをする店を変更すれば、それで済むのではありませぬか」

「ええ、その通りですね。あるいは、このまま鴨志田さんを放っておけば、いずれ密告をされて、自分たちの笠《かさ》の台が飛びかねないと考えたのかもしれません」

笠の台とは首のことである。

「とにかく、磯田たちが鴨志田さんの口を封じたほうがよいと考えたのは、まちがいないでしょう」

やや重い口ぶりで重三郎がいった。

――昨夜、忍びのとりいともごろうが、それを実行に移したということか。

昭之進の死にざまを思い出し、平格は唇を嚙んだ。苦い思いが胸中に上がってきた。

「鴨志田を殺すため昨晩、我が上屋敷に忍び込んだのでしょうが、とりいともごろうとおぼしき賊は、いったいなにを探していたのでしょう」

平格は新たな問いを重三郎に放った。

「鴨志田さんは、押し込みの証拠となるものを所持していたのかもしれません。あるいは、証拠を残してあると、磯田たちを脅したのかもしれません。もし俺を殺すような真似をしたら、証拠の品が御番所に差し出されるぞ、と」

「しかしながら、その脅しは効き目がなかったということですか」

「ええ、その脅しは残念ながら鴨志田さんの命を守ってくれはしませんでしたが、こうして押し込みの首謀者をあぶり出すことはできました。判じ絵を残した鴨志田さんの狙いは、端《はな》からそれだったのかもしれません」

「でしたら、今はそれでよしとするしかありませぬ」

自らにいい聞かせるように平格はいった。

「鴨志田は、命を失うことを覚悟して、この絵を残したということですか」

「ええ、そういうことでしょう」

指先で顎に軽く触れてから重三郎が語を継いだ。

「押し込みの首謀者たちがこれから先、殺しを続けさえしなければ、鴨志田どのは御番所に密告するつもりはなかったのでしょう。この絵は、万が一のために描いておいたものではないでしょうか」

　そういうことか、と平格は思った。

「しかし、なにゆえれっきとした家臣なのに、鴨志田どのは押し込みに加わるという馬鹿な真似をしたのでしょう」

　月成さん、と穏やかな声で重三郎が呼びかけてきた。

「鴨志田さんが本当に押し込みに加わったかどうか、まだはっきりしているわけではありませんよ」

　釘《くぎ》を刺すようにいってから重三郎が続ける。

「蔵番は薄給の上、正直、お役目も暇でしょう。ろくにすることがなく、江戸の町に出ていて、悪い仲間と知り合ったのではないでしょうか」

「鴨志田は絵を習っていましたが、暇だったのですね」

「絵を習うにも金はかかります。この素人離れしたうまさからして、絵にのめり込んだのはまちがいないでしょう。腕が上達すると、いろいろとよい物がほしくなります。そうすれば、費《つい》えもかかるようになります」

「ああ、鴨志田は絵がうまくなったことで欲が出て、腕と釣り合いのとれるだけの画材がほしかったのですね」

主君の義敦が国許《くにもと》にいる今、自分も含めて江戸詰の者たちは暇を持て余している者が少なくない。

だからといって、凶行に走ってよいものではあるまい。

「もしかして、退屈しのぎの意味もあったのかもしれません。いずれにしても、鴨志田さんは、殺しだけはいやだったのでしょうね」

「そういうことですか」

そのことに、平格はなんとなく救いを覚えた。

——考えてみれば、定府の者たちの門限は厳しいが、前もって遅くなることをいっておけば、門限破りとはならぬ。そのことは、そういえば、このあいだ寿平に話したばかりだったな。

だとしたら、と平格は続けて考えた。

——月に一度の押し込みの際も、門衛に断りさえ入れておけば、鴨志田が上屋敷に遅く帰っても、怪しまれることはなかったのではあるまいか。

きっとそういうことだろうな、と平格は思った。

「では、今から番所に行ってきますよ」

腹に力を入れて平格は重三郎に告げた。

「月成さん――」

　じっと平格を見て重三郎が呼びかけてきた。

「代々頼みの方に、鴨志田さんのことは、決して公にせぬようにしてもらうのがよろしいでしょうね」

　代々頼みとは、大名家や旗本家の家臣が江戸市中で諍《いさか》いやもめ事を起こした際、内々に済ませてもらうために町奉行所の与力や同心に便宜《べんぎ》を図ってもらうためにつくっておく昵懇《じっこん》の者のことだ。

　つまり重三郎は、久保田家の代々頼みに、こたびの一件をもみ消してもらえ、といっているのだ。

　それしかない、と平格も考えている。

　定府の家臣が押し込みの一味に加わるなど、これ以上の不祥事もそうはない。なんとしても表沙汰《おもてざた》にしてはならぬ、と平格は思った。

「ただし月成さん」

　声に厳しさをはらませて重三郎が呼びかけてきた。

「手前の名は、決して出さぬようにお願いします」

「えっ、なにゆえですか」

「表には出たくないからです。表に出るのは性に合わないといいましょうか。とにかく、手前の名は出さないように、月成さん、どうかお願いいたします」

「承知いたしました」

重三郎に丁重にいわれ、平格は低頭するしかなかった。

四

九月十六日の夕刻、久保田家の上屋敷に北町奉行所から一人の男がやってきた。与力の森中合之介《もりなかごうのすけ》である。

平格は客間で合之介と面会した。

「森中さま、昨夜の首尾はいかがでしたか」

高揚した思いを露わに、平格は合之介にたずねた。

「ええ、平沢さまのおかげで、押し込みどもを捕まえましたよ」

誇らしげに合之介が答えた。

「昨夜、田光屋で待ち伏せし、捕物の末、賊どもをものの見事に捕縛いたしました」

「ああ、それはよかった」

心の底から平格はいった。

本当は昨晩、田光屋の捕物に加わりたかったのだが、いくら剣が遣えるとはいえ、所詮《しょせん》は素人に過ぎず、邪魔になるだけだろう、となんとか気持ちを抑え込んだのだ。

「捕まえたのは、鳥井《とりい》倫五郎《ともごろう》や磯田藤之助《ふじのすけ》といった四人の者です」

平格をじっと見て合之介が伝えてきた。

「鳥井倫五郎に磯田藤之助ですか……」

まさしく重三郎がいった通りの名ではないか。自分の手柄ではないが、平格は鼻が高かった。

「鳥井倫五郎は伊賀衆の一人でしてな、今の世を生きている者としては、信じられぬほど忍びの術に秀でている男でした。その技を用いて最初は盗みを働いていたようなのですが、それが徐々に荒々しいものに変わっていきました。もっと金がほしいと思ったのか、仲間を募り、ついに押し込みと化したようですね」

「さようでしたか」

「だいたい調子に乗りすぎてよいことなど、一つもないのですよ。たいていそういうときに、悪事というのは露わになりますな」

茶を喫して合之介が続ける。

「磯田藤之助は旗本でしたよ」

「えっ、旗本ですか」

使番ではないかといっていたから、そうかもしれぬと思っていたが、使番という役目は大名家や旗本家にもある。さすがに、将軍じきじきに仕える者だとは考えていなかった。

「ええ、れっきとした旗本の当主で、元使番でした」

「元使番……」

「磯田藤之助は殿中で同僚と諍いを起こし、使番を罷免《ひめん》させられたのです。減知《げんち》にもなったそうです」

「それで、その腹いせもあって押し込みの仲間に加わったのですか」

「そういうことでしょう」

合之介が首肯する。

「鳥井と磯田は近所に住まっていました。どうやら、馴染《なじ》みの飲み屋が同じだったらしく、古くからの知り合いだったようです。最近は盗みで金回りがよかった鳥井が、しきりに磯田に酒代を奢《おご》ったそうですよ」

「それで親しくなっていったのですね」

「端から、鳥井は押し込みの仲間に磯田を誘うつもりでいたのかもしれませぬ」

「ああ、なるほど」

酒に酔った磯田の心に響くような甘言を弄《ろう》したのだろう。

「鴨志田は、鳥井や磯田とどういう形で知り合ったのですか」

「鳥井は、ある賭場《とば》によく出入りしていたようです。鴨志田どのも、同じ賭場の馴染みだったそうです。どうやら鴨志田どのは、佐竹さまに奉公していた渡り中間から、博打《ばくち》を教わったようですな」

そういうことだったか、と平格は思った。そういえば、大名家などの長屋門の中間部屋は、暇を持て余している中間どもの賭場になっているという話を聞いたことがある。それは佐竹家でも例外ではなかったということか。

「捕まえたのは四人とおっしゃいましたが、押し込みのあとの二人は何者ですか」

苦々しい思いを噛み殺すようにして、平格は合之介に問うた。

「二人とも貧乏ではありますが、御家人です。つまり、れっきとした侍ですよ。この二人も鳥井と同じ賭場に出入りしていました」

「貧乏なら暮らしがきついはずなのに、なにゆえ賭場になど行くのでしょう」

賭場に縁のない平格には、さっぱりわけがわからない。

合之介が苦笑してみせる。

「賭場に行けば、なけなしの金を一気に増やせると思ってしまうのでしょう。そんなのは、ただの幻でしかないのですが。一度勝つと、そのときの快感を忘れられぬそうですから、まあ、病みたいなものですよ」

病みつきとは、まさにこういう者たちのためにあるような言葉ではないか。

「儲《もう》かるのは胴元だけなのに」

首を振り振り平格はつぶやいた。

「ええ、まさしくおっしゃる通りですね」

姿勢を正して平格は息をのみ込み、合之介を見つめた。

「森中さま。これはそれがしがうかがってよいことではないのでしょうが、鴨志田のことは、いかが相なりますか」

「それは大丈夫です」

胸を叩くようにして合之介が請け合った。

「表沙汰には、決してなりませぬ」

「かたじけない」

心から平格は安堵した。

「大きな声ではいえませぬが、鴨志田どのが押し込みの仲間だったのはまちがいないようです。しかし、もう押し込みを続ける気はなかったようですね。明らかに口止めのために殺されたのですよ」

だからといって、昭之進が押し込みをはたらいた事実に変わりはない。

「鴨志田を殺したのは鳥井倫五郎ですか」

「さよう」

腕組みをして合之介がうなずく。

「忍びの術を駆使してこちらに忍び込んだそうです」

「極刑に処せられるわけですね」

「ええ、まちがいありませぬ」

つと合之介が楽しそうに口元に笑みを浮かべた。

なにがおかしいのだろう、と平格は不思議に思った。

平格の眼差しに気づき、合之介が笑みを消した。

「失礼しました。昨晩はなにゆえ待ち伏せされたのか、鳥井たちはわけがわからなかったようです。捕手たちに囲まれたとき、ひたすら呆然《ぼうぜん》としていました。その顔を思い出し、つい笑ってしまいました」

「そういうことでしたか。別に森中さまを責めたわけではありませぬ」

「ええ、よくわかっております。平沢さまは人を責めるようなことは、なさらぬお方ですから」

「いえ、それは誤解です。それがしは、人をよく口汚く罵《ののし》りますからね」

「それは黄表紙の中だけではありませぬか」

「そんなこともないのですが……」

「とにかく平沢さまのおかげで、押し込みの件は落着しました。ありがとうございました」

合之介が深々とこうべを垂れる。

「いいえ、あれは……」

いいかけたが、平格はすぐに重三郎から口止めされていることを思い出した。

「はあ、こちらこそありがとうございました」

平格は頭を下げ返した。

「またなにかありましたら、よろしくお願いします」

丁重にいった合之介が平格をじっと見る。

「難事件が起きた際、平沢さまのお知恵を拝借するかもしれませぬ。その節はどうかよしなに」

「えっ、は、はあ」

平格はただうなずくことしかできなかった。

第三章

一

十月も半ばを過ぎ、寒気がいよいよ攻勢を強めている。

寒さが得意とはいえない平格には、辛《つら》いとしかいいようのない季節である。

出羽に位置する久保田城下では、すでに相当の雪が積もっているのではあるまいか。

江戸の町もこのところ寒気がずっと居座り、そのあまりの寒さに、他出するのが億《おっ》劫《くう》になっている。

だが、その寒気に負けることなく平格は、いま千住宿《せんじゅしゅく》にやってきていた。

体を凍えさせせんとする冷たい風が、びゅうびゅうと音を立てて吹いている。

この場を逃げ出して熱燗《あつかん》をきゅっとやりたい気分だが、さすがにそういうわけにはいかない。

なにしろ平格は、江戸にじき着くはずの義敦一行を待っているのだから。

——さてさて、殿は今日にはお着きになるだろうか。

体をぶるりと震わせ、手をしきりにこすり合わせつつ平格は思った。

参勤交代の時季がきたわけでもないのに、主君の佐竹義敦が出府するとの知らせを持って使者が久保田からやってきたのが、先月の終わりのことである。

そのときに知らされた予定では、昨日の十月二十二日に到着するはずだったが、義敦一行は江戸に姿を見せなかった。

昨日は平格を含む定府の家臣の多くが上屋敷から千住へと足を運び、義敦の迎えに出た。だが、結局のところ、肩透かしを食らう形になったのである。

平格たち定府の家臣が参勤交代の際と同じように、奥州街道の江戸の出入口になっている千住まで来ていることは義敦側でもわかっているはずなのに、どういうことなのか、旅程の変更を知らせる前触れさえも来なかった。

殿の身になにかあったのではあるまいか、と平格たちは心配でならなかった。

いったん上屋敷に戻ってまた出直そうとの意見も出たが、その気になった者はほとんどおらず、千住宿にいた定府の家臣すべてが、そのまま旅籠《はたご》に投宿したのである。

明くる二十三日の今日、ひどい冷え込みに震えつつも街道に出て、平格たちは義敦一行がやってくるのをじっと待っているのだ。

「いったい殿は、どうされたのか」

江戸留守居役《るすいやく》頭取である又井清兵衛《またいせいべえ》が白い眉《まゆ》を曇らせて、気がかりそうにつぶやく。

「誰か、奥州《おうしゅう》街道に人を出してみますか」

留守居役の一人である槍目広蔵《やりのめひろぞう》が清兵衛に提案する。

「いや、今日まで待ち、もし前触れさえもあらわれなかったら、こちらから人を出してみることにいたそう」

瞳《ひとみ》に厳しさをたたえて清兵衛が断じた。

「ええ、それがよいでしょう」

江戸家老である渋江為太郎《しぶえためたろう》が清兵衛に同意する。為太郎は家老といえどもまだ若く、清兵衛に頭がまったく上がらない。

「今は、ひたすら待つしかあるまいな」

頰《ほお》をふくらませて清兵衛がいった。

「きっとすぐに、佐竹扇の家紋の入った乗物が見えてくるにちがいあるまい」

その清兵衛の言葉通りにはいかなかったものの、昼過ぎになって使番が千住宿に馬でやってきた。

平格たちの前で馬からさっと下りた若い侍は、あと二刻のちに佐竹義敦の一行がやってくると告げた。

「なにゆえ旅程通りに着かなかったのかな」

江戸家老の為太郎が穏やかな口調で若侍にきいた。決して責める口調ではない。

「はっ」

かしこまった若侍がすぐさま説明する。

「十日ばかり前のことです。街道を進んでいる最中、数里先で崖崩《がけくず》れがあり、道が開かれるまで、我らは足止めを食らいました」

「ほう、崖崩れとな」

つぶやくようにいったのは清兵衛である。

「はい。崖崩れから三日後に街道が開通したのち、我らは急ぎに急いで、旅程との差を一泊まで縮めたのですが、それが精一杯でございました」

「ふむ、よくぞ一泊の差まで縮めたものよ。大したものだ」

これは為太郎がいった。

「その上、昨日は殿が腹痛を起こされ、半日ばかり間宿《あいのしゅく》で過ごされたのです。殿が体調を崩されたことに我らはとにかく狼狽《ろうばい》してしまい、定府の皆さまにつなぎをつけることを失念してしまいました。まことに申し訳ない仕儀になりました。どうか、ご容赦ください」

若侍が腰を深々と折った。

「そういうことであったか」

清兵衛が納得したような声を発した。

「いま殿のご様子はどうなのだ」

あくまでも温和な口調で、為太郎が若侍に問うた。

「はい。すでに快復なされております。今日は食事もしっかりと召し上がりました」

「ならば、順調に旅を続けておられるのだな」

念を押すように清兵衛がきいた。

「はっ、おっしゃる通りでございます」

その使番の言葉を聞いて、そこに居並ぶ定府の者たちすべてが胸をなで下ろした。

――腹痛があったとはいえ、殿の御身《おんみ》に大事がなかったのは幸いであった。

寒さを忘れて、平格は安堵《あんど》の息を漏らした。

――ふむ、あと二刻すれば、殿にお目にかかれるのか。

平格の胸は高鳴った。義敦に会うのは三月ぶりである。

だから、決して長く会っていないわけではないのだが、平格は一刻も早く主君の顔を見たくてならない。

今年の七月、久保田城の本丸が火事で焼失した。その際、後始末のために平格も久保田に赴《おもむ》き、義敦に会ったのだが、敬愛する主君の顔はいつも見ていたいものだ。

いま久保田城の本丸は更地《さらち》になり、新たな建物を建てるばかりになっている。しかしながら、城の造築を公儀に黙って行うわけにはいかない。

そんなことをしたら、即座に取り潰《つぶ》しが待っている。各地の大名家が城の造築や修築を無届けで行えば、公儀は容赦なく改易の大鉈《おおなた》を振るってくるのだ。

佐竹家は外様《とざま》大名だから、参勤交代では春に出府し、翌年の春に帰国するのが常だが、本丸に御殿もなにもない状態を長く続けるわけにはいかず、公儀に久保田城造築を届け出るために、春を待たずに義敦自ら江戸に出てきたのだ。

日暮れの半刻ほど前になって、ようやく義敦一行がやってきた。

参勤交代ではないので極力、人数を減らしたようで、国許《くにもと》からやってきたのは百人にも満たない数である。

日暮れ前に上屋敷に着こうと考えたのか、義敦一行は千住宿で足を止めなかった。平格たちとの挨拶《あいさつ》もそこそこに街道を進んでいく。

その後、義敦一行が上屋敷に腰を落ち着けたのは、それから一刻ばかりたってからのことだった。冬の短い日は、すでにとっぷりと暮れていた。

上屋敷に到着した義敦に、平格は皆と一緒に挨拶を述べた。

「皆の者、大儀である」

長旅の疲れを見せることなく、玄関の前で床几《しょうぎ》に腰かけた義敦が朗々たる声音でいったから、平格は胸が熱くなった。他の者たちも、同様ではなかったか。

その後、御殿内に引き上げた義敦は正室の賀姫と久方ぶりの再会を喜び合ったはずだ。賀姫は、第八代の土佐《とさ》高知《こうち》城主だった山内豊敷《やまうちとよのぶ》の娘である。

義敦は、賀姫の弟で現高知城主の豊雍《とよちか》と親しく、絵をともに描《か》く仲だ。

明朝から千代田城に登城する義敦に刀番として久しぶりに供についていくのだと思うと、平格の身は自然に引き締まった。

そんな平格のもとに、その夜、義敦から使者があった。使者によれば、義敦が平格を呼んでいるという。

俺を、と平格は思った。一人だけ呼ばれるような覚えは一切なく、どういうことだろう、といぶかりつつ平格は対面の間に赴いた。

「平沢どのをお連れしました」

使者が、襖《ふすま》越しに対面の間に向かって声をかけた。

「入れ」

返ってきた声が義敦のものだったから、平格は少し驚いた。

——俺は殿をお待たせしてしまったのか。

中から襖が開いた。そこには、小姓《こしょう》らしい侍が立って、好意を感じさせる目で平格を見ていた。

「どうぞ、お入りください」

小姓が優しい声を発する。

「失礼いたします」

一礼して敷居を越えた平格は、小姓に導かれて対面の間の後ろのほうに座した。

「平格、もそっと前に来よ」

一段上がった間に座して、脇息《きょうそく》にもたれかかっている義敦が笑顔で手招く。

義敦は平格のことを、親しみを込めていつも通称で呼ぶ。

「では、失礼して」

ささっと平格は一尺ばかり膝行《しっこう》した。

そんな平格を見やって、ふふ、と義敦が苦笑する。

「平格、相変わらず遠慮深いな。久しぶりに会《お》うたのだ。もっと寄るがよい。余は、そなたの顔をじっくりと見たいのだ」

「はっ、承知いたしました」

思い切って平格は、義敦の一間ほど近くまで寄った。

「うむ、それでよい」

平格を見つめて義敦が満足げにうなずいた。

「殿をお待たせしてしまい、まことに申し訳ございませぬ」

「平格、なにをいうておるのだ。そなたは別に遅くなってなどおらぬぞ」

「はっ、さようにございますか」

「余がそなたより先に来ておったに過ぎぬ。余が待ったというようなことなど、まったくない」

鷹揚《おうよう》にいった義敦が脇息から体を離し、背筋を伸ばした。

「平格、元気そうだな。そなたの血色のよい顔を見られて、余はうれしいぞ」

「殿もご壮健そうで、なによりでございます」

実際のところ、義敦の顔色はあまりよいとはいえない。もともと蒲柳《ほりゅう》の質《しつ》で、十一歳で家督相続した頃から、臥《ふ》せっていることが多い主君なのだ。

顔色がよいときなど、ほとんどない。今も旅の疲れが出ているのか、目の下にくまができている。

ただ、性格はひじょうに明るく、仕えやすい主君といってよい。話していて、とても楽しい男である。

「平格、そなたの嫌いな冬が来たが、風邪《かぜ》など引いておらぬか」

案ずる気持ちを面《おもて》に出し、義敦がたずねてきた。

「ありがたきお言葉にございます。それがしは、おかげさまにて風邪は引いておりませぬ」

「うむ、それを聞いて余は安心したぞ」

平格は少し顔を上げた。

「平格、聞いたぞ」

いかにも心が躍っているというような顔つきで、義敦がいった。

——はて、殿はいったいなにをお聞きになったというのだろう。

心中で平格は首をかしげた。義敦がゆったりとした笑みを浮かべていることから、悪いことではなさそうだ。

「平格、とぼけるでない」

笑みを頰にたたえたまま、義敦が叱《しか》りつけるようにいった。

「はっ、はあ」

「なんでも、素晴らしい働きだったそうではないか」

ここまでいわれても、平格にはなんのことか、まだわからない。

——殿は、いったいなんのことをおっしゃっているのだろう。

うつむき、平格は必死に頭を巡らせた。

——もしや、鴨志田どのの一件か。

ようやく思い当たり、ふむう、と平格は心底でうなり声を上げた。

——もうひと月以上も前のことになるが、殿に褒《ほ》められるようなことは、それしか考えられぬ。

「殿がおっしゃっているのは、鴨志田昭之進どのの一件でございましょうか」

「その通りだ」

平格を見つめて、義敦が大きくうなずく。

「平格、ほかになにがあるというのだ」

「はっ、申し訳ございませぬ」

両手を畳につき、平格はこうべを垂れた。

「平格、謝ることはないのだ。余は、そなたの素晴らしい働きを褒めておるのだからな」

「はっ、ありがたきお言葉にございます」

いかにも得意げな表情で、義敦が言葉を続ける。

「我が家中《かちゅう》の士であった鴨志田昭之進が江戸市中を騒がせた押し込みの一人だったというのは、残念至極、無念極《きわ》まりないことだが、いち早く代々頼みの森中合之介に相談し、表沙汰《おもてざた》にせずにすべて内々で済ませたというのは、平格、まことに鮮やかな手腕としかいいようがない。ここ江戸屋敷の者らも、口を極めてそなたのことを讃《たた》えておった」

「それはうれしいことでございます」

義敦にいわれて誇らしく、平格は自然に笑顔になった。

「それだけではない。余はむしろこちらのほうに感心したのだが、鴨志田が残した判じ絵から、押し込みの首謀者二人の名を突き止め、番所に通報したそうではないか」

「はっ、はあ」

我知らず情けない声が口から漏れた。判じ絵に関しては、誇ることなどなにもない。すべては重三郎の手柄なのだ。

「そなたのおかげで、田光屋という米問屋は押し込みに入られることなく済み、しかも、待ち伏せたことで押し込みどもは番所の捕手に捕らえられたというではないか」

「いえ、それは……」

自分の手柄などではないのです、と平格はいいたかった。

だが、重三郎からは本当のことをいわぬように口止めされている。

平格は、約束は必ず守ると決めている。たとえ相手が主君であろうと、約束を破る気はない。

「それでだ、平格」

穏やかに語りかけて、義敦が身を乗り出してきた。

「鴨志田の一件をものの見事に解決に導き、我が家の安泰にも意を尽くしたその鮮やかな手腕を認め、余はそなたに褒美《ほうび》を取らそうと思う」

「えっ、褒美でございますか」

思ってもみなかったことだ。

「そなたに、余の絵をやろうと考えておる」

「えっ、まことにございますか」

平格は喜色を浮かべた。

義敦は曙山《しょざん》という雅号を持っており、江戸に居住しているあいだは小田野直武を上屋敷に呼び寄せ、蘭画《らんが》を習っているくらいなのだ。

腕前は大名の手慰みという水準のものではなく、玄人《くろうと》といって差し支えない。ひじように巧緻《こうち》な絵で、目の当たりにするといつも引き込まれる。

平格は義敦の絵をとても気に入っている。いつか手に入れたいものだと、常々思っていたのだ。

平格をじっと見て、義敦が大きく首を縦に動かした。

「平格は余の絵が好きか」

「はい、大好きでございます」

間髪を容《い》れずに平格は答えた。

「うれしいことをいうてくれる。では、余が最近、描いた絵をそなたに取らそう。最も新しい絵だ。出来はとてもよい」

「ありがたき幸せにございます」

心の底からうれしく、平格は平伏した。

「平格、そなたは愛洲陰流の達人だ。絵よりも、佐竹家伝来の刀がほしいということはないか」

「もちろん愛洲陰流を受け継ぐ者として刀もほしゅうございますが、それがしは以前より、殿の絵を是非とも拝領したいと思っておりました」

「ほう、そうであるか」

義敦がにこにこと笑った。

「ならば、余の荷ほどきが終わり次第、そなたの家に絵を持っていかせるゆえ、受け取るがよい」

「承知いたしました」

「それからな、平格」

さらに義敦が呼びかけてきた。

「実は、褒美は一つだけでないのだ」

「えっ、まことにございますか」

いったいなにをいただけるのだろう、と平格は期待せざるを得なかった。

「こたびの鴨志田昭之進の一件の鮮やかな手並みを賞し、そなたを留守居助役に任命しようと思うておる」

義敦の言葉がすんなりと耳に入ってこず、平格は戸惑った。数瞬後、ようやく意味がつかめ、驚きの声を発した。

「えっ、それがしを留守居役にしてくださるのでございますか」

これも、まったく考えなかったことだ。

「平格、早とちりするでない。留守居役ではない。留守居助役だ」

すぐさま義敦が訂正する。

「は、はい。留守居助役でございますね」

「ただし平格、留守居助役への任命は、まだ余の内意に過ぎぬ。重臣たちに諮《はか》った上での正式な任命は、来月の初めということになろう。平格、心しておけ」

「承知いたしました。この上ないご褒美でございます」

やったぞ、と内心、平格は小躍りした。刀番とは異なり、留守居助役ともなれば激務にちがいないが、禄高《ろくだか》もきっと上がろう。清江に、もっと楽な暮らしをさせてやることができるはずだ。

——もう少し黄表紙での実入りがよければ、出世のことは二の次になるのだが。

実際、黄表紙の売れ行きはすこぶる好調だと聞いているのだが、鱗形屋が支払う代金は著者としてはあまり芳しいものとはいえないのだ。

それゆえ、この留守居助役を拝命するという事実に、平格は喜びを禁じ得ない。

「ありがたき幸せにございます」

義敦に向かって、平格は改めて深々と頭を下げた。

——十一月には、俺は刀番から留守居助役に出世するのか。一寸先は闇《やみ》というが、人生というのは、確かに信じられぬことが起きるものだ。

留守居助役は、留守居本役の下で働くことになる。物頭《ものがしら》よりも上の地位になるから、かなりの栄達といってよい。

――これだけの一足飛びの出世をしたら、家中にねたむ者が出てくるかもしれぬな。

きっとそれも仕方のないことだろう。出世するとなれば、ねたみやそねみの類《たぐい》はどうしても避けられないものだ。

考えてみれば、と平格は思った。寿平も以前は小島松平家の刀番をつとめていた。それが今では留守居役である。

向こうのほうが歳《とし》は下だが、平格は寿平の後追いをしたようなものだろう。

もともと殿さまの刀を預かる刀番というのは、主君の信頼が厚くないと、つとまらぬ役目である。

そうである以上、出世の階段を上ることが、端《はな》から定められた役目といってよいのかもしれない。

――さして望んでもおらなんだが、思いもかけずにこうして立身がかなった。それもこれも、蔦屋さんのおかげだな。近いうちに礼に行かねばならぬ。

必ずそうしよう、と平格は思った。

――きっと蔦屋さんも、こたびの出世を喜んでくれるにちがいあるまい。

頬が緩んだのを平格は感じた。

「平格、留守居助役になることはまだ口外せぬようにな」

釘《くぎ》を刺すように義敦にいわれ、はっ、と平格はかしこまった。

「承知いたしました」

「まあ、内儀にいうくらいは構わぬぞ。平格のところは仲のよい夫婦だ。平格も、内儀にはいいたくてならぬであろう」

「ご厚情、感謝いたします」

清江に留守居助役のことを伝えれば、きっと喜んでくれるにちがいない。その姿を想像し、平格は一刻も早く清江に会いたくてならなくなった。

「ところで平格――」

脇息にもたれてくつろいだ様子の義敦が呼びかけてきた。

「新作の執筆のほうはどうだ。進んでおるか」

「はっ、ぼちぼちというところでございますが、まずまず順調といってよいかと存じます」

「それは重畳《ちょうじょう》」

うれしそうに義敦が破顔した。

「なんといっても、平格は我が家の宝ゆえな。千代田城内で他の大名衆と雑談しているとき、そなたが我が家中にいることを、うらやましそうにいってくる者が少なくないのだ。余はそのたびに鼻高々よ」

これほど喜んでくださるのなら、と平格は義敦を控えめに見つめて思った。

――これからも黄表紙には力を尽くさねばならぬぞ。

留守居助役となれば、激務は必至であろうが、その中でなんとかやり繰りして、執筆に励まなければならない。

これからもがんばるしかない、と平格は決意を胸に刻みつけた。

二

心を弾《はず》ませて家に戻った。

「ただいま帰った」

三和土《たたき》に立ち、平格は張りのある声を発した。それに応じて、清江が奥から出てきた。式台に端座し、平格を見上げる。

「お帰りなさいませ」

丁寧な口調で清江がいった。

「それであなたさま、なにゆえ殿からお呼びがかかったのですか」

唐突な感じで清江がきいてきた。いかにも興味津々という顔つきである。

「清江――」

声を殺して平格は呼びかけた。

「はい、なんでしょう」

ごくりと唾《つば》を飲み、清江が真剣な顔を向けてくる。

「清江、喜べ。俺は留守居助役になることが決まったぞ」

「ま、まことですか」

清江が、ぱっと若やいだ笑顔になった。

「御刀番から留守居助役とは、あなたさま、一気の出世でございますね」

「うむ、これできっと俸禄《ほうろく》も上がろう」

「ああ、それはありがたいお話です。あなたさま、どのくらい上がるのですか」

期待のこもった目で、清江が平格を見つめてくる。

「確か、留守居助役は百五十石取り以上の者しかなれぬ。ゆえに、最低でも百五十石はもらえることになろうな」

「百五十石ですか。それはすごい」

清江が娘のような声を上げた。

「うむ、すごかろう」

平格は、自然に頰が緩んだのを感じた。清江がことのほか喜んでくれたことに、とても満足している。

「あなたさま」

明るい声を清江が投げかけてきた。

「明日の夕餉《ゆうげ》は、ご馳走《ちそう》にしますね。あなたさまの留守居助役就任を、私たち二人でお祝いいたしましょう」

「夫婦水入らずということか。それはうれしいな」

留守居助役になることをこんなに喜んでくれる妻でよかった、と平格は心から思った。うれしさが倍になるというものだ。

「あなたさま、今宵《こよい》はお酒を召し上がってもよろしゅうございますよ」

普段は、滅多に家では酒は飲ませてもらえない。

「おっ、清江。気前がよいな」

「当たり前です」

清江がきっぱりとした口調でいった。

「なんといっても、今宵は格別な夜ですから。あなたさま、二合以内なら、いくら飲んでも構いませぬよ」

「むっ、二合以内か」

正直、もっと飲ませてもらえるものと平格は踏んでいた。

「清江、せめて三合にならぬか」

平格はほとんど懇願した。

「わかりました。今宵は特に三合までお飲みになってけっこうです」

「ありがたし」

平格は家に上がり、居間でくつろいだ。

いそいそと清江が酒の支度をする。

「さあ、どうぞ」

清江が徳利を傾けてきた。

「おっすまぬ」

平格は猪口《ちょこ》で受け、ぐいっと飲んだ。

「おいしいですか」

「うむ、ことのほかうまい」

「それはよかった」

清江がほほえむ。

酒がほとんど飲めない清江も、私もいただこうかしら、といって猪口に口をつけた。すぐに酔って、平格にしなだれかかってきた。

清江からは甘い香りがした。頭がくらくらした平格は、久しぶりに清江を抱いた。

その晩は、とても充実した夜となった。


明くる日の朝。

「では、行ってまいる」

朝餉を終えた平格は清江に告げて家を出た。ふつか酔いはない。これは昨晩の酒は気持ちのよい酒だったからではあるまいか。

「今日は早く戻ってきてくださいね」

甘えるような口調で清江がいう。

「うむ、よくわかっておる」

笑顔で清江にうなずきかけてから玄関を出た平格は、すぐそばに建つ主殿を目指した。今日からは殿がいる。主殿の建物自体、どこか気合が入っているように見えるから、不思議なものだ。

不意に、昨晩のことが平格の脳裏《のうり》によみがえってきた。

清江を抱いたあと、平格は腕枕《うでまくら》をしてやった。清江は素直に頭を預けてきた。

そのとき、御留守居役は激務でしょう、いくら助役といってもあなたさまが体を壊さなければよいのですが、といったのだ。

――確かに気をつけなければならぬ。

そんなことを思いつつ、平格は主殿の玄関に入った。

――激務に耐えられず病になってしまったら、元も子もなくすことになるゆえな。

うまく折り合いをつけて働くことが肝要だろう。

暗くて長い廊下を歩き、平格は刀番の詰所に向かった。

国許において刀番は四人いるが、江戸上屋敷では二人である。

ただし、今は一人が欠員となっており、上屋敷では平格一人が刀番をつとめている。

参勤交代で久保田から大勢の侍とともに刀番が江戸にやってくるが、国許の四人の刀番のうち、二人が江戸で勤仕することに決まっている。

ただし、今回は正式の参勤交代ではないため、義敦の供もかなり人数は抑えられ、刀番は一人しか来なかった。

その刀番はまだ出仕してきておらず、八畳の詰所はがらんとしていた。冷気も居座っており、ひどく寒かった。詰所に茶坊主がやってきて、火鉢に炭を入れてくれた。

「かたじけない」

平格は茶坊主に礼をいった。もっとも、火鉢に炭が入ったといっても、すぐに部屋は暖まらない。

火鉢に当たりながらもしばらく震えていたら、失礼する、と声がかかり、襖が開いた。国許からやってきた、もう一人の刀番が姿を見せたのだ。

これまでに何度も顔を合わせているので、平格は名も人柄もよく知っている。男は沢石朔之助《さわいしさくのすけ》といい、五十をいくつか過ぎている。

仕事熱心な人物とはとてもいえず、膝《ひざ》がしくしく痛い、腰に痛みが走る、手首がしびれる、背中が張ってならぬ、喉《のど》がひりついて辛いなど、常に体のどこかが痛い痛いと、ぼやいてばかりいる男である。

朝の挨拶をかわしたあと、朔之助が頼み込んできた。

「まことに申し訳ないのだが、今日はできたら、平沢どのが殿のお供についてくださらぬかな」

「ええ、構いませぬ」

最初から義敦の供につくつもりでいた平格は快諾した。

「ああ、ありがとうございます。昨日、江戸に着いたばかりで、さすがに疲れが抜けぬのですよ。足首がひどく痛みましてね」

「それは大変ですね」

「ええ、歩くのも大儀でしてね。まあ、それがしも歳なので、しょうがないのでしょうが。早くつとめとおさらばして、隠居をしたいものですよ」

「沢石どのには、跡取りがいらっしゃいましたね」

「ええ、おりますが、まだ十にもなっておりませぬ。沢石家の家督を継がせるのには、あと五年はかかりましょうな」

「ああ、元服までそのくらい必要かもしれませぬな」

「こんなことになるのなら、もっと早く子をつくっておくべきだったと思いますが、これればかりは天からの授かり物ですから、なかなか思う通りにはいかぬ」

「まったくですね」

平格は相づちを打った。

「平沢どのは、お子はいらしたかな」

「いえ、結局、うちはできませんでした。ですので、血のつながった跡取りは、もうあきらめております」

「ああ、さようか」

「養子を取れば、家の存続はかないます。それで平沢家の先祖にも申し訳が立ちましょう」

「平沢どのは、確かご養子で平沢家に入られたのでしたな」

「ええ、十四のときに入りました。それからもう三十年ですからね、月日のたつのは早いものですよ」

「まったくですなあ。光陰矢のごとしとは、よくいったものです」

ふう、と朔之助が息をついた。

「ところで平沢どの、黄表紙の執筆は進んでおられますか」

「ええ、ぼちぼちというところです」

「あの、こちらに御名《おな》を入れてくださらぬか」

朔之助が懐から一冊の本を取り出した。

見ると、『当世風俗通《とうせいふうぞくつう》』である。遊里で遊女を買う際の指南書だ。絵本といってよい作品で、著者は金錦佐恵流《きんきんさえる》とあるが、これは平格の別の筆名である。五年前の安永二年（一七七三）に出版されたもので、絵を描いたのは、平格の親友の寿平だ。恋川春町である。

「お安いご用ですよ」

矢立から筆を取り出した平格は、すらすらと朋誠堂喜三二の名を書きつけた。

「これでよろしいですか」

署名したところを朔之助に見てもらう。

「ああ、ありがとうございます」

『当世風俗通』を受け取り、朔之助が墨が乾くのを待つ。

「この書物は、前にそれがしが江戸にやってきたとき買い求めたものです。叔父《おじ》上の土産《みやげ》としたのですが、今回、江戸に旅立つにあたり、平沢どのに名を入れてもらってきてくれと叔父上から頼まれまして……」

「ああ、さようでしたか」

そろそろ五つになるのではないかな、と平格は思った。

「では沢石どの、それがしは行ってまいりますよ」

「よろしくお願いします」

丁寧に頭を下げたが、行列に加わらずに済むことに、朔之助は明らかにほっとした顔をしている。これから昼の八つまで、この詰所でのんびりできる、と考えているのかもしれない。

朔之助に一礼して、平格は詰所をあとにした。

今は出仕中なので、いくら義敦の行列につかないといっても朔之助は長屋門内の自分の部屋に帰ることはできない。

だが、詰所では寝ようがなにをしようが勝手である。仮に眠ったとしても、人が来ることなど滅多にないから、咎《とが》められることはまずない。

今頃は、と平格は朔之助のことを思った。

――もう高いびきかもしれぬな。

それはそれでよいではないか、と平格は思った。人は皆、考え方がちがう。いろいろな生き方があって当たり前だ。仕事熱心でなくとも、それも一つの生き方だろう。それで別に構わないではないか。所詮《しょせん》、短い一生でしかない。生きたいように生きるのがよい。

平格は、千代田城に登城するために上屋敷内で待機している行列に加わった。

長屋門が開け放たれるや、出発、と号令がかかった。行列が動き出す。

平格は、義敦の乗物のそばについて歩きはじめた。

刀番としての仕事も、今月一杯くらいでおしまいではないかという気がする。悔いの残らぬよう、この仕事を全うしたいものだと平格は考えている。

義敦の行列が千代田城の大手門まであと五町ほどに近づいたとき、平格はふと、誰かに見られているような気がしてならなくなった。気持ちが妙に落ち着かない。

——勘ちがいではあるまい。何者かがまちがいなく、こちらを見ている。

いったいどこから見ているのか。

平格は、さりげなくあたりを見回した。

町人だけでなく侍や僧侶《そうりよ》など、大勢の者が付近をせわしげに歩いている。

それだけでなく、地方から江戸見物に出てきて、華美な大名行列を一目見ようと立ち止まっている者も少なくなかった。

腰に帯びている松崎石見を、いつでも引き抜けるようにしておかねばならない。

平格は寒さで両手の指がこわばっていないか、確かめた。その上で、すぐに鯉口《こいぐち》を切れるように鍔《つば》にかけている左手の親指に、少しだけ力を込めた。

行列はなにごともなく進んでいく。供の者の中で、何者かの眼差《まなざ》しに気づいているのは、どうやら平格だけのようだ。

義敦の供だけに腕利きの選ばれた者ばかりが行列に加わっているはずなのだが、正直なところ、さしたる剣の腕を持つ者はいないように思える。

この眼差しを感じ取れるだけの腕前の者は、供の者には一人もいないのだ。

――今は太平の世だ。それも仕方あるまい。この俺が殿をお守りすればよい。

最初に何者かの目に気づいてから、二町ほども進んだが、いまだに眼差しは消えようとしない。

粘つくような目の持ち主に感じる。

――これは、うらみを抱いている者の目か。

平格は、こちらに眼差しをぶつけてきている者をなんとしても見つけたかったが、その者を特定することは、できなかった。

――それにしても、この目の持ち主は誰を見ているのか。

乗物だろうか。つまり、乗物の中の義敦にうらみを抱いているのか。

――そうではなく、この俺を見ているのだろうか。

はっきりとはわからないが、どちらかといえば、義敦の乗物に目を当てているような気がしてならない。

——我が主君を狙《ねら》う者がいるのか。

考えたくはないが、大名の命を力ずくで奪おうと考えている輩《やから》は、この世にはいくらでもいるのではないか。

大名は領内の政《まつりごと》に関してうらみを買うことが多い。全国どこを見渡しても、金に窮している大名ばかりで、農民たちから年貢をぎゅうぎゅうに搾《しぼ》り取らなければならないからである。

実際に政を行っているのは重臣たちであり、たいていの場合、大名本人は祭り上げられているだけに過ぎないのだが、うらみの矛先がいちばん上にいる者に向けられるのは、この世の常だろう。

——とにかく決して油断せぬことだ。

歩を進めながら、平格は自らに強くいい聞かせた。

——殿をお守りするために、この俺は乗物近くに控えているのだからな。

だが結局のところ、なにも起きずに義敦の行列は千代田城の大手門を入った。

——よかった。なんにしろ、殿がご無事なのはこの上ないことだ。

千代田城内を大玄関まで進み、そこで平格は義敦から太刀を受け取った。

いくら大名とはいえ、殿中に刀を持ち込むことはできない。許されているのは脇差《わきざし》のみである。

「では平格、行ってまいる」

ここから義敦は一人で殿中を行くことになる。平格たち陪臣《ばいしん》は、殿中に立ち入ることができないのだ。昼の弁当も、甲斐甲斐《かいがい》しく世話をする者もなく、義敦は一人で食すことになる。

だが、それにもすでに慣れているらしく、義敦は別段、心細そうな様子は見せない。

「行ってらっしゃいませ」

深く辞儀して平格は義敦を見送った。

義敦の姿が見えなくなってから、平格は大玄関を出た。

大玄関のすぐそばに丸太でつくられた腰かけが用意されており、それに腰を預けた。座ると、さすがに楽で、ため息が出てきた。この腰かけをつくってくれた人に、感謝の気持ちが湧《わ》いてくる。

義敦が下城するのは昼の八つである。それまで平格は、ここでじっとしていなければならない。

ほかの大名の刀番の者が何人かおり、同じように腰かけに座っているが、今日は総登城日というわけではないから、腰かけはけっこう空いている。

──久しぶりにこうして役目をつとめると、なかなかときが過ぎぬな。

じっとしているのは、やはり辛い。

こういうときに執筆できたらよいのに、と思うが、さすがにこの場でそんな真似《まね》はできない。

昼になったら、この場で弁当は食べてよいことになっている。弁当は風呂敷《ふろしき》包みの中に入っている。もちろん清江がつくってくれたものだ。

朝餉は済ませてきたとはいえ、上屋敷からここまで歩いてきたこともあるのか、平格はすでに空腹である。

だが、昼を告げる鐘が鳴る前に弁当を開くわけにはいかない。

気を紛らわせたい。

──やはりここは、いつもと同じように著作のことを考えるべきであろうな。

それこそが時が最も早くたつ手立てである。

これまでの経験でよくわかっている。

いや、と平格は思った。それよりも、いったいどこから誰が見ていたのか、それを考えるべきではないのか。

だが、考えたところでわかるはずもない。

やはり平格は、著作のことに頭を巡らすことにした。

創作に没頭すれば、時などあっという間にたってしまう。

帳面などに書き記さずとも、大事なことは決して忘れることはない。

もし忘れてしまうようなことがあるのなら、それは大して重要なことではないのだ、と平格は割り切っている。

三

不意に鐘が鳴った。

著作のことが一瞬で頭から消え失《う》せた。平格ははっとし、耳を澄ませた。

――これは何刻《なんどき》の鐘だろうか。

三つの捨て鐘のあと、八回、鐘が打たれた。

――えっ、もう八つなのか。

昼飯も食べずに著作のことを考えていたら、まさに一瞬で時が過ぎていった。腹が空《す》きすぎたのか、さして空腹は感じない。

――まあよい、家に戻って弁当は食べればよい。せっかく清江がつくってくれたのだ。食べぬわけにはいかぬ。食さねば、あまりにもったいないしな。

八つなら、もう下城の刻限である。じき義敦が姿を見せるはずだ。

刀を抱いて平格が大玄関の前に立っていると、やがて義敦がやってきた。平格を認め、にこりとする。

——ああ、実によい笑顔をされておるな。

すぐさま義敦に近づき、平格は頭を下げた。

「殿、お疲れさまでございます」

「うむ、平格も大儀であった」

義敦にねぎらいの言葉をかけてもらい、平格はうれしかったが、殿のほうこそ大儀そのものではなかったか、と思った。

今日、義敦は将軍に目通りし、老中や若年寄など公儀の要人に会ったはずなのだ。

昨日、江戸に着いたばかりで、その上、体が丈夫とはいえないのに、精力的に動き回ったことになる。

「殿、お疲れでしたでしょう」

「なに、案ずるな。余は平気だ」

存外に義敦が元気な声でいったから、平格は少し安心した。

「では殿、戻りましょうか」

「うむ、そうしよう」

平格は義敦を先導するように千代田城内を歩いた。

「殿、お話ししておかねばならぬことがございます」

少し義敦に顔を向けて、平格はささやくようにいった。

「話とな。はて、なにかな」

平格は義敦に近づき、午前中に感じた目のことを告げた。

「ほう、そのようなことがあったのか」

「ですので、ご注意ください」

「うむ、わかった」

難しい顔で義敦がうなずいた。

「だが平格。もし本当に襲われたら余はどうしたらよいのだ」

「まずは乗物からお出になってください。そうすれば、最初の危機はまず乗り越えられるものと存じます」

「そうか、まずは乗物から出ることを考えればよいのだな」

「はい、いつまでもぐずぐずと乗物にいれば、よい的になってしまいます。出ていただければ、それがしを含めた供の者が殿のことを守ることができます」

「わかった、必ず出ることにいたそう」

「よろしくお願いいたします」

大手門の外まで進むと、下馬所の看板のあるところに、大勢の家臣たちとともに義敦の乗物が静かに待っているのが見えた。

少し急ぎ足になって義敦が乗物に乗り込む。

「ああ、これは楽でよいな」

乗物に座した義敦が平格に語りかけ、その上で自ら引戸を閉めた。

「出発っ」

物頭の号令がかかり、乗物が宙に浮いた。しずしずと行列が動き出す。

——午前の登城の際、この行列に目を当ててきた何者かは、下城のときに狙いを定めているのかもしれぬ。とにかく、決して気を緩めぬことだ。

そのことを平格は肝に銘じた。

一瞬でも油断するわけにはいかない。もし注意を怠ることがあれば、本当に義敦の身になにか起きるかもしれない。

もし万が一、義敦が死ぬようなことになれば、平格が腹を切ったところで、追いつかない。平格と義教では、命の重みがちがいすぎるのだ。

行列のほかの者は、のんびりとした風情《ふぜい》である。今日もよく晴れているが、風はひどく冷たい。

寒いなあ、なに、国に比べれば春のようなものではないか、と供の者たちはいい合ったりしている。

——何者かの目のことを教えておけばよかったか。いや、今からでも遅くはないな。

決意した平格は、行列を指揮する道中奉行をつとめる物頭に歩み寄り、目のことをそっと告げた。

「なんと、この行列を狙う者がいるかもしれぬといわれるか」

「できれば、杞憂《きゆう》で終わってくれればよいのですが」

「承知しました。皆に注意するようにいっておきます」

「よろしくお願いします」

平格は物頭に向かって頭を下げた。

「また眼差しを感じたら、すぐにお知らせいたします」

「頼みます」

平格は足早に乗物のそばに戻り、再びあたりに警戒の目を放ちはじめた。

それからしばらくのあいだ、なにも起きなかった。

だが、あと三町ほどで上屋敷に到着するというとき、またしても平格は何者かの目を感じた。

それと同時に道の端から怒号が聞こえ、左手の松の木の陰から、一人の浪人とおぼしき侍が飛び出してきた。血相を変えており、すでに抜刀していた。

抜き身を手にした浪人は、まっすぐ平格のほうに向かってくる。

自分を狙っているのか、それとも乗物の義敦が目当てなのか、はっきりとはわからなかったが、狼藉者《ろうぜきもの》であるのはまちがいなく、平格はすばやく愛刀の松崎石見を抜いた。

「どけっ」

行列のほんの間近まで来た浪人が、吼《ほ》えるように平格にいった。

「きさまにうらみはない。どけば、命は助けてやる」

なにをいっておるのだ、と平格は浪人を冷ややかに見つめた。

「一合も刃《やいば》を交えることなく、主君を見殺しにした者が、おめおめと生きられると思っているのか」

ほかの供の者たちも、刀を抜き放っている。ほとんどの者は義敦を守るために乗物のそばにつき、ただの数人だけが平格と並んで抜き身を手にした浪人と相対している。

「どかぬというのか」

刀を握り直し、浪人が目を怒《いか》らせた。平格を威嚇《いかく》するように刀を上段に振り上げる。

「当たり前だ」

平格は松崎石見を正眼に構えている。

「なにゆえこのような無体《むたい》な真似《まね》をするのだ」

平格は、眼前の浪人にただした。

「――では、望み通り、きさまから血祭りに上げてやるっ」

どうりゃあ、と叫ぶような気合を発し、浪人が袈裟懸《けさが》けに刀を振るってきた。

鋭い斬撃《ざんげき》だったが、平格には刃筋がよく見えている。

松崎石見を振るうや、平格は浪人の刀をあっさりと弾《はじ》き返した。

がきん、と強い手応《てごた》えが伝わる。

刀を握る浪人の両手が、わずかに上がりかけた。そこを見逃さず、平格は胴に松崎石見を振っていった。

その平格の斬撃はぎりぎりでかわしたものの、ただの一合で、浪人は平格の強さを悟ったようだ。まさかこれほどの遣い手が義敦のそばにいるとは知らなかった様子で、明らかに及び腰になった。

くっ、と奥歯を嚙《か》み締めたような顔をしたあと、どうするべきか、と逡巡《しゅんじゅん》の色が浪人の面《おもて》に浮かんだ。その目がちらりと動き、平格の背後に向けられる。

――こやつは、なにを見ておるのだ。

浪人の眼差しの先になにがあるのか、平格は気にかかった。理由もなく目を動かしたわけではないようだ。なにか救いを求めた目の動きのように感じられた。

振り返るか、と平格は決断しかけたが、眼前の浪人から目を離すことはできなかった。真剣での勝負においては、わずかな動きですら、命取りになりかねないのだ。

どうりゃあ、と平格の背後で気合が轟《とどろ》いた。明らかに味方が発したものではなかった。

はっ、として平格は振り向いた。

平格のいるのとは逆の方向から、乗物に向かって猪突《ちょとつ》の勢いで突進する浪人が見えた。

この浪人も、すでに刀を抜いていた。目指しているのは義敦の乗物である。

――おのれっ、一人ではなかったか。

そのことに思いが至らなかったことに平格はほぞを嚙んだが、今は突っ込んできたもう一人の敵の斬撃を防ぎ、義敦を救うことこそが最も優先されるべきことだ。

「殿、こちらに出てくだされ」

義敦に呼びかけてから平格は地面を蹴《け》り、乗物を回り込んで、もう一人の浪人の前途を遮ろうとした。

だが、先ほどまで戦っていた浪人が、この機を逃すまじとばかりに、背後から斬《き》りかかってきた。

それを平格は気配で感じた。

――構わぬっ。斬るなら斬れっ。

心中で平格は怒鳴り、乗物に突進している浪人に向かって突っ込んでいった。

きんっ、と背後で鋭い金属音が立った。どうやら供の者の一人が、後ろの浪人の斬撃を弾き返してくれたようだ。

平格は、もう一人の浪人が乗物に向かって突き出した刀を、びしりと松崎石見で叩《たた》き落とした。

――間に合ったか。

刀をさっと手元に引き戻した浪人が足を止め、平格をにらみつけてくる。

松崎石見を正眼に構え、平格は浪人と対峙《たいじ》した。

平格の背後から、気合と怒号が交錯して聞こえてきた。どうやら最初の浪人と供の者たちとのあいだで、斬り合いがはじまったようだ。

その直後、甲高い悲鳴が続けざまに平格の耳を打った。

それが味方のもののようにしか思えず、平格は後ろを見やった。

二人の供の者が、血しぶきを上げて地面に倒れ込んでいくのが、目に飛び込んできた。

——やられてしまったか。

浪人と供の者の腕が、あまりにちがいすぎるのだ。

いや、そうではなく、実戦の経験のなさが如実《にょじつ》にあらわれているのかもしれない。

実戦の経験など、平格もこのあいだの慶養寺そばの道での若い浪人との斬り合いが初めてだった。腰が引けるのもわかるが、怖くても深く踏み込まないと、刀に鋭さも迫力も伝わらず、たやすく斬撃をかわされる。

いま斬られたばかりの二人は、浪人に向かって攻撃をしかけたのはよかったが、斬撃をあっさりとよけられて、あっけなく斬られてしまったようだ。

多分、踏み込みが足りなかったのだろう。

——命に別状なければよいが……。

平格が祈った瞬間、目の前の浪人が平格に向かって斬りかかってきた。

平格は、顔の寸前まで迫っていた敵の刀を松崎石見で弾き上げた。またしても、がきん、という音が響き渡り、両腕に強烈な衝撃がやってきた。

平格の一撃の鋭さに、後ろにはね飛ばされる形になった浪人が、あわてて体勢を立て直そうとする。

浪人が刀を構える前に、平格は深く踏み込み、松崎石見を振り下ろしていた。あやまたず、松崎石見の刃は浪人の左肩に吸い込まれていく。

がつ、と骨に当たる音を聞くやいなや、平格は松崎石見を手元に引き戻した。

浪人の左肩から、血が噴き上がった。ううっ、とうめき声を上げ、浪人が右手のみで刀を構えたまま、よろよろと後ろに下がる。隙《すき》だらけで、今なら斬り殺すのはたやすかったが、平格はそうはしなかった。

乗物のそばにいた供の者たちが、刀を持つ手で左肩を押さえた浪人に、一斉に斬りかかろうとする。

「殺すなっ」

平格は大声で命じた。なにゆえ義敦の乗物を襲ってきたか、吐かせなければならない。

それよりも、平格は背後で行われている戦いが気になった。味方のものとおぼしき悲鳴は、いまだに続いているのだ。

「殿を頼むぞ」

味方にいってから、すぐさま平格は味方の助勢に赴こうとした。

だが、そのときには浪人と相対している味方はいなかった。五人の供の者が戦っていたはずだが、すべて浪人によって斬り伏せられていた。

斬られた五人は全員、肩や腕、足から血を流しつつ、地面を苦しげに這《は》いずっていた。

義敦がいまだに座している乗物と、刀を振り上げている浪人との距離は一間もなくなっていた。

――まずいぞ。

平格は舌打ちした。

乗物の中の義敦は事前に平格が伝えていたにもかかわらず、本当に襲撃を受けたことで動転してしまったらしく、外に出てこようとしていない。

――このままでは、殿がやられてしまう。

「殿を外に出せっ、出すのだ」

平格は味方に怒鳴った。

だが、供の者たちが動く前に、浪人が乗物に向かって刀を突き出していた。刀が乗物に吸い込まれていくのを、あっ、と声を上げて平格は見ていることしかできなかった。今から刀を振って叩き落とそうとしたところで、浪人の刀に松崎石見は届かない。

――し、しまった。

平格は体が固まりかけた。

だが、浪人の刀は乗物に突き刺さらなかった。乗物に届く寸前、別の刀に叩き落とされたのだ。

浪人の刀を叩き落としたのは、別の若い浪人だった。襲ってきた浪人の横からその若い浪人が飛び込み、上から刀を振るったのだ。

「なにっ」

予期せぬ邪魔が入ったことを知った浪人が、若い浪人に向き直る。

襲撃してきた浪人の背中が、平格の眼前にさらけ出されている。その機を逃がさず、平格は浪人の背中に刀を振り下ろした。

本当は斬られた五人の味方の仇討《あだう》ちのため、浪人を斬り殺したいとの思いに駆られたが、ぎりぎりで峰を返して浪人の背中を打った。

ぎゃあ、と浪人が断末魔のような悲鳴を上げ、背中を反らせる。

だが、その一撃だけでは倒れず、顔を真っ赤にした浪人は平格に向き直ろうとした。

平格は、容赦なく松崎石見を胴に振るっていった。峰に返した松崎石見は、浪人の腹に入っていく。

どす、と音がし、浪人が、うげっ、と腹の中のものをもどすような声を発した。腰を折り、地面に両膝をつく。

浪人は刀を持ち上げようとしたものの、さすがにもうそれだけの力は残っていないらしく、最後はばたりとくずおれた。うつぶせたまま、うう、と苦しげに身もだえしている。

すぐさま足を進ませた平格は、浪人の手のうちにある刀を蹴り上げた。刀は地面を転がっていく。

もう一人の浪人にも、平格は同じことをした。そうした上で、味方を見回す。

「縄を打て」

平格は大声で命じた。それに応じて、何人かの中間《ちゅうげん》がおずおずと進み出て、二人の浪人に縄でがっちりと縛《いまし》めをした。

「よし、誰か上屋敷に走り、御典医《ごてんい》に怪我人《けがにん》がいることを伝えるのだ。それから、傷を負っている者たちに血止めをするのだ。他の者は近所から戸板を借りてこよ。戸板に血止めをした者たちを乗せて、上屋敷に急いで運ぶのだ」

続けざまに平格は指示を飛ばした。

五人の供侍に、味方の手によってすぐさま血止めの手当が行われる。

五人とも腕や手、足に怪我を負っているだけで、見た限りではいずれも命に別状がある感じではない。

すぐに戸板が運ばれてきた。

血止めの終わった者から戸板に乗せられ、上屋敷に運ばれていく。

手際はなかなかいい。

――しかし死人が出なかったのは、不幸中の幸いというべきだな。ああ、そういえば殿はどうされただろう。

地上に置かれたままの乗物の前にひざまずき、平格は引戸越しに、殿、と声をかけた。

「おう、平格か」

中から義敦の声が返ってきて、ご無事でいらしたか、と平格は安堵の息を漏らした。

引戸が開き、義敦がこわごわと顔をのぞかせた。まわりにいる者たちも、義敦の顔を見て、よかった、と口々にいった。

「もう戦いは終わったのか。賊はどうした」

「引っ捕らえました」

「もしや平格が退治したのか」

「はっ」

言葉短く平格は答えた。今は若い浪人に助太刀されたことはいわずともよかろう、と平格は思った。

「平格、済まなかったな」

いきなり義敦が詫《わ》びてきた。

「そなたに事前にいわれていたにもかかわらず、余はどうすればよいか、血迷うてしまい、わからなくなってしもうた。乗物から出ようとしたが、どういうわけか体がまったく動かなかった。なんとも情けないものよ。せっかくの平格の言葉を、無にしてしまった。平格、まことに済まなかった」

「いえ、殿、謝られるようなことではありませぬ。危急の時に、そうそう思い通りに動けるものではありませぬ」

「そういうものかな」

「そういうものでございます」

「供の中に、怪我をした者がおるのだな」

「はっ、五人の者が怪我を負いました」

「まさか死人が出たのではなかろうな」

顔色を変えて義敦がきく。

「それは大丈夫かと存じます。医者には診《み》せなければなりませぬが、それがしが見たところ、いずれも手傷を負っているのみでございました」

「そうか、それはよかった」

心底安心したように、義敦が大きく息をついた。

「血止めはしたのか」

義敦にきかれ、平格はうなずいた。

「もうすべて済み、上屋敷に戸板で運ばれていきました」

「それは重畳。血止めさえできれば、まず大事なかろう。ところで平格、何者が襲ってきたのだ」

「それはまだわかりませぬ。賊は二人です。上屋敷に引っ立てますか。さすれば、我が家のお目付が尋問いたしましょう」

「上屋敷に賊を引っ立てるのは構わぬが、調べは公儀のほうに任せることにいたそう。ああ、番所の与力の森中に来てもらうのがよかろうな」

「わかりました。では、さっそく森中さまを上屋敷に呼ぶことにいたします」

「それでよい。そうと決まったら、平格、屋敷に戻ろうではないか。正直、余は疲れた。もうへとへとよ」

確かに義敦は、くたびれきった表情になっている。

「承知いたしました」

平格は立ち上がり、道中奉行をつとめる物頭に近づいた。

「殿を、上屋敷に送り届けてくださいますか」

「わかりました」

畏敬《いけい》を感じさせる目で平格を見つめて、物頭が深くうなずく。

平格は言葉を続けた。

「上屋敷もすぐそこですし、もう襲ってくる者はおらぬでしょう」

「はい、承知いたしました。では、今から殿を送り届けます」

「頼みます」

「平沢どの、ありがとうございました」

丁重に礼をいって物頭が深く腰を折った。

「もし平沢どのがこの場におられなかったら、いったいどうなっていたことやら……」

冷や汗が出てきたのか、物頭は手の甲で額をぐいっと拭《ふ》いた。

「二人の賊は上屋敷に引っ立ててください」

平格は物頭に頼んだ。

「承知いたしました」

「それから、北の番所に人を走らせていただけませぬか。代々頼みの森中さまを、上屋敷に呼んでいただきたいのです」

「それは殿の命ですね。森中さまに、上屋敷で賊の二人を取り調べてもらうということですか。承知いたしました」

顔を右側に向けた物頭が、そばに立っている定府の若侍を手招いた。

「北の番所に行ってくれ。与力の森中どのに委細を話し、上屋敷に来ていただくのだ。承知か」

「はっ、承知いたしました」

「では、行ってくれ」

「はっ」

歯切れのよい声を残して若侍が走り出した。定府の者ならば、北町奉行所までの道筋をまちがえることはあるまい。

「では平沢どの、これより殿を送り届けることにいたします」

平格に断った物頭が、出発、と声を張り上げた。

乗物が静かに宙に浮き、行列が再び動き出した。二人の賊が荒々しく引っ立てられる。

縛めはがっちりとしてある。決して逃げられるようなことにはなるまい。

四

義敦の行列を見送ってから、平格はその場を動かずにいる若い浪人に歩み寄った。

「おぬしは……」

似ているとは思ったものの、平格は改めて目をみはることになった。

いま目の前に立っているのは、先月、山谷堀の慶養寺そばの道で金目当てに平格に斬りかかってきた若い浪人なのだ。

「なにゆえ、おぬしはここにいる」

平格にきかれて若い浪人が微笑する。

「お借りしたお金を返しに来たのです。上屋敷のそばまで来たところで、この騒ぎに出くわしたので、大した腕ではありませぬが、助勢することに咄嗟《とっさ》に決めたのです」

「ああ、そうだったのか」

まさか本当にあのときの金を返しに来るとは、平格は思っていなかった。

「おぬしのおかげで殿は救われた。かたじけない。この通りだ」

平格は深々とこうべを垂れた。

「ああ、いえ、お顔を上げてください」

いわれた通りにし、平格は目の前の浪人を見つめた。

「おぬし、名はなんというのだ」

「それがしは笠松《かさまつ》克太郎《かつたろう》と申します。こちらをお返しします」

克太郎が巾着を手渡してきた。

「全額、入っております」

「全部で四両ばかりだったな」

「はい。本当はお返しするのに、利子を入れなければならぬのでしょうが……」

「いや、そこまでせずともよい。こうして本当に返しに来てくれたことが、俺はうれしい。寿平もきっと喜ぼう」

いま襲撃があったばかりだが、平格は心が弾んだ。人というのはやはり生まれたときから悪人はおらぬ、と心から思った。

「病人はどうされている。治ったか」

克太郎がかぶりを振った。

「亡くなりました」

無念そうに克太郎が告げた。

「さようか。では、延妙丸は効かなかったということか」

「いえ、買う前にそのお方が亡くなってしまったのです」

「えっ、そうなのか……」

「はい。少し具合がよいときに散策に出たようなのですが、そのときに小石につまずいて転んでしまったのです。そこに、運悪く大八車がやってきまして……」

轢《ひ》かれてしまったということか。

「それは気の毒に」

——この世には運がない人が確かにいるものだが、そのお方は心の臓のことがなくとも、すでに寿命がきていたのではないか。

死から逃れようがなかったのだろう、という気がした。

「実は、その亡くなったお方はそれがしの助太刀をしてくれたのです」

「助太刀というと」

平格はすぐにたずねた。

「そのお方は父の親友でした。故郷で父が殺され、それがしは一人で仇討ち旅に出ることになっていました。そのお方はそれがしを哀れんで、一緒に仇討ち旅に来てくださったのです」

「そうだったのか」

「そのお方のおかげで、それがしはこの江戸において本懐を遂げることができたのです」

「もう仇討ちは済んでいたのか」

それだけの恩義がある人ならば、と平格は思った。

——なにがあろうと、見捨てることなどできようはずがない。

「故郷を出て、ちょうど十年目のことでした。仇討ち免状はしっかりと所持していましたから、町奉行所に事情はきかれたものの、なにごともなくそれがしどもは放免となりました」

「それはよかった」

平格は軽く咳払《せきばら》いをした。

「笠松どの、本懐を遂げてすぐに故郷に帰ろうとは思わなかったのか」

「思いました」

克太郎がきっぱりと答えた。

「しかし、いざ故郷に帰ろうとしたとき、恩人が病に倒れてしまったのです。無理に動かすことはできず、それがしは看病に力を尽くすことになりました」

「医者には診せたのか」

「診てもらいました。そうしたところ、心の臓がひどく弱っているのが知れたのです」

「ゆえに延妙丸を必要としたのだな」

「さようです。お医者からは、延妙丸という妙薬があるといわれ、それがしはなんとしてもその薬を手に入れたかった。しかし、先立つものがもはや尽きていました」

情けなさそうに克太郎がうつむく。

「それで、あのような真似をしたのか」

「まことに申し訳ないことをしました」

「いや、よい。おぬしは二度とあのような真似はせぬだろうからな」

平格は克太郎をじっと見た。

「とにかく、おぬしがここにいてくれたおかげで我が殿は救われた。笠松どの、まことにかたじけない」

克太郎に向かって平格は改めて頭を下げた。

「平沢さま、礼のお言葉は先ほど聞いたばかりです」

「なに、感謝の気持ちは何度も口にするべきだ。俺はそう思っている」

「さようですか」

平格は克太郎をじっと見た。

「それで、おぬしはこれからどうするのだ。故郷に帰るのか」

「帰ろうと思っておりましたが、どうも伝え聞くところによりますと、もうそれがしの居場所はないようなのです」

困ったような顔で克太郎がいった。

「それはどういうことかな」

「それがしには弟がおります。あまりに病弱なために、仇討ち旅に耐えられるはずがないと、それがしは弟を連れていきませんでした。弟はもともと利発さを家中にも知られていたのですが、ある日、殿に講義を行ったことから、学者として取り立てられ、どうやら笠松家を継いだようなのです。すでに妻も迎えたようです」

「えっ、そうなのか」

「その上、それがしは仇討ち旅の途上で死んだことになっているようなのです。長いこと音信不通にしていたせいなのでしょうが……」

「それは弱ったことになったたな」

「ただし、それがしは、笠松家の家督になんの未練もありませぬ。このまま弟にくれてやろうと思っています」

「笠松どの、それでよいのか」

「はい、構いませぬ。前は故郷に戻りたい一心でしたが、今は江戸で生きていくのも悪くない、と考えるようになりました」

「江戸はせわしいところだが、確かに楽しいところでもある。その日の糧を得るのにもさして困らぬと聞く。笠松どのの人生だ。したいようにするのがよいと思うな。いずれ妻を迎えることもできよう」

「妻ですか」

「これという女子《おなご》はおらぬのか」

「今のところおりませぬ」

「そうか。江戸で暮らすのなら、いずれ俺が見つけてやろう」

「えっ、まことですか」

「まことだ」

平格は深くうなずいた。冗談やおためごかしでいっているわけではないことをわかってもらうために、克太郎の住処《すみか》をきいた。

「浅草の花川戸《はなかわど》の近くか。承知した」

「では、それがしはこれで失礼いたします」

頭を下げ、克太郎が体をひるがえした。

「笠松どの、また会おう」

克太郎が足を止め、振り返った。

「はい、またお目にかかりましょう」

克太郎を見送った平格は佐竹家の上屋敷に向かって、早足で歩き出した。

上屋敷の長屋門をくぐると、御殿の玄関の前にいた物頭がすぐに寄ってきた。

「賊の二人はいま牢屋《ろうや》につないであります」

物頭が平格に告げた。

「はい、それでよろしいのではないかと思います。殿はいかがされていますか」

「奥に引き上げられています。横になりたいとおっしゃったそうです」

さもありなん、と平格は思った。物頭と別れ、家にいったん戻った。

清江によれば、何人もの怪我人が戸板で担ぎ込まれてきて、いっとき上屋敷内は上を下への大騒ぎになったらしい。

「あの、あなたさま、いったいなにがあったのですか」

平格は子細を話した。

「ええっ、殿が襲われた……」

「なに、殿はご無事だ。なにも案ずることはない」

「それはようございました」

清江が両肩から力を抜いた。

「清江、すまぬが茶をくれぬか。喉が渇いた」

「わかりました。今いれてまいります」

清江が持ってきた茶をすすっていると、北町奉行所の与力である森中合之介が、使者となった若侍とともにやってきたという知らせが平格のもとにもたらされた。

その知らせを受けて平格は客間に向かった。

「失礼いたします」

客間の襖は開いていた。平格は足を踏み入れ、一礼して合之介の前に座した。

「森中さま、よくいらしてくれました」

平格はまず合之介に礼をいった。合之介がにこりとする。

「佐竹さまに呼ばれれば、それがしはいつでも駆けつけますよ。それにしても平沢どの、大変でしたな」

合之介がねぎらうようにいった。

「ええ、まったく驚きました。まさかあのようなことが起きるとは……」

「平沢どの、大活躍だったそうですね」

「ああ、いえ、そうでもありませぬ」

どういうことがあったか、平格は合之介に説明した。

「もしその若い浪人がいなかったら、我が殿は今頃どうなっていたか。考えるだに恐ろしいですよ」

「ふむ、そのようなことがあったのですか。その若い浪人は何者ですか。なにゆえその場に居合わせたのです」

さすがに鋭いところを突いてくるな、と平格は感心した。金を奪おうとして平格を襲ったことがあるなど、町奉行所の与力にいえるはずもない。

「たまたまそこにいてくれたようです。名は笠松とかいいましたね」

「平沢どのにしては珍しい。姓名と住まいをきかなかったのですか」

「ええ、うっかりきき忘れてしまいました」

ふふ、と合之介が笑いを漏らした。

「平沢どのは、どうやらその笠松という若い浪人となにかあるようですね。そのあたりは武士の情けです、きかぬことにいたします」

ははは、と平格は笑った。

「ご厚情、感謝いたします」

ところで、とまじめな顔になった合之介がいい、身を乗り出してきた。

「いま賊の二人はどこにいるのですか」

「牢屋につながれているようです」

「では平沢どの、さっそく賊の顔を見せてもらってもよろしいですか」

「もちろんです」

平格はすっくと立ち上がり、合之介を牢屋に案内した。

二人は四畳半ほどの広さの牢屋に入れられていた。目だけをぎらぎらさせている。

平格を見て、やや歳のいった浪人が瞳に憎しみの炎を燃やした。

「きさま、必ず殺してやる」

なにをいっているのだ、と平格は思った。

――もはや負け犬の遠吠《とおぼ》えでしかないというのに。

平格の横に立った合之介が、二人の浪人をにらみつけた。

「きさまら、なにゆえ佐竹侯を襲ったのだ」

牢格子越しに、合之介が強い口調できいた。

「佐竹義敦という男は久保田に巣くう毒虫だからだ。どうしても殺さねばならなかった」

「きさまら、久保田領の者か」

この合之介の問いに、二人の浪人は答えなかった。

「どうやら、ちがうようだな。久保田のほうの訛《なま》りもないようだしな」

腕組みをして、合之介が二人の浪人をじっと見る。

「佐竹侯を亡き者にするよう金で頼まれたか」

二人の浪人はそっぽを向いた。

「図星だったか」

合之介が一歩、前に出た。

「誰に頼まれた」

「いうものか」

歳のいった浪人が叫ぶようにいう。

「仕事を頼んできたのは、佐竹領の者だろうな。きさまら、いくらもらって仕事を請け負ったのだ。どうせ大した額ではなかろう」

歳のいった浪人が、ぎりと音を立てて奥歯を嚙み締めた。

「佐竹義敦は、絵を描くことしか能のない男だ。領民のことなど、まったく考えておらぬ。義敦のせいで領民は塗炭の苦しみをなめておる。どうしても義敦をあの世に送らねばならなかったのだ」

考えてみれば、と歳のいった浪人を見つめて平格は思った。佐竹家の表高は二十万石になっているが、今年はその半分しか米がとれなかった。

その上に、火災で焼失した本丸御殿などを建てなければならない。

おそらく、と平格は思った。農民たちから、酷としかいいようがない年貢の取り立て方をしたにちがいあるまい。

その無理がたたり、久保田領の百姓たちのうらみを買ったのだ。

領内の富農が農民たちを哀れみ、この二人の浪人に金を出したのかもしれない。


その後、二人の浪人は、合之介が連れてきた十人近い中間や小者《こもの》に引っ立てられた。

北町奉行所では厳しい吟味が行われるにちがいない。

——俺も呼び出されて、事情をきかれるかもしれぬな。

そのときはもちろん、すぐに北町奉行所に赴くつもりである。

平格に協力を惜しむ気持ちは一切ない。

北町奉行所に連れていかれた二人の浪人はいずれ死罪ということになろう。二人の首は獄門台に据えられるにちがいなかった。

義敦を亡き者にするように依頼した者の名を二人が吐くかどうか、正直、平格にはわからない。

——おそらく吐かぬのではないか。

殺しという仕事を受けた者にも、きっと矜持《きょうじ》はあろう。

ふう、と平格はため息をついた。

――我が殿が狙われるのか。政というのは、まことに難しいことなのだな。台所が苦しい大名家というのは、農民にとっては災厄以外のなにものでもあるまい。殺したいほど憎いとの気持ちが、平格にはわかるような気がした。

第四章

一

留守居役《るすいやく》頭取の又井清兵衛に引き回される形で、平格もようやく留守居役としてさまになってきた。

他の大名家の留守居役との折衝《せっしょう》にも、だいぶ慣れてきた。

あらかじめわかっていたことだが、留守居役同士の折衝というのは、やはり宴会そのものでしかないような気がする。

もちろん、留守居役として日々の仕事をしている上で知り得たことを料亭などで語り合って、互いの知識にし、公儀の動きに注意を傾けるようなこともあるのだが、ほとんどはただ、酒を飲んでいるだけでしかない。

平格としては、もっと留守居役としての働きを全うしたいと考えているのだが、酒を飲むのも仕事のうちといわれては、どうすることもできない。

十一月七日に正式に留守居助役に任命されてから、すでに五月がたち、暦《こよみ》は安永八年（一七七九）の四月となっている。

今の平格にとって、以前とは異なり、留守居役の仕事のことはあまり気がかりではなくなってきた。仕事は、酒を飲んでいさえすれば、なんとなくこなせてしまうのがわかってきたからだ。しかも、留守居役は何人もおり、一人に責任が集中することがない。あまり気張らずとも、やれるのがはっきりしてきたのだ。

今の平格の気がかりは、義敦が病に臥《ふ》せっていることである。

もともと義敦は病弱ではあるが、今回の病は特に重いような気がする。

——殿は大丈夫であろうか。

御典医《ごてんい》は一所懸命に診《み》てくれているが、好転の兆《きざ》しは今のところは見られないようだ。

ずっと義敦が病床に臥せっているために、最近、平格はほとんど会えていない。面会がかなわないのだ。

——殿の顔を見たいな。

飢《かつ》えるようにして平格は思った。

だが、それも義敦の病が快方に向かわない限り、かなうことではない。

——もし殿が儚《はかな》くなられるようなことになれば。

平格は考え込まざるを得ない。

佐竹家はまたお家騒動になりかねない。

平格がまだ二十歳《はたち》そこそこだった宝暦五年（一七五五）から七年にかけて、佐竹家は家督を巡って大騒ぎになったことがある。

その二の舞にならないとも限らないのだ。

——あのときは俺も若かったが、早く騒動がおさまってくれ、と遠い江戸から願ったものだったな。

もし万が一の事態になっても、なんとかお家騒動にならないように、義敦が方策を立てておいてくれたらよいのだが、病身ではそうもいかないのではないか。

「あなたさま、どうされました」

清江にきかれ、平格は顔を向けた。

「先ほどから箸《はし》がまったく動いておりませぬ」

「あっ、そうであったか」

出仕前の朝餉《あさげ》の最中である。

「済まぬな。ちと考え事をしていた」

平格は納豆をたっぷりとのせた飯をかっ込んだ。

「あなたさまがなにをお考えになっていたか、当ててみせましょうか」

笑みを浮かべて清江がいう。

「ほう。よし、いいぞ」

豆腐とわかめの味噌汁《みそしる》をすすってから、平格は清江を見つめた。

「殿さまのことでしょう」

「よくわかるな」

「それはわかります」

「なにゆえだ。殿のことが気にかかってならぬのが、顔に出ているのか」

「そうではありませぬ」

清江があっさりと首を振る。

「あなたさまは、殿、と声に出していらっしゃいました」

「なにっ」

思いもかけないことだ。

「俺は、声に出していっているのか」

「はい、おっしゃる通りです」

思いが口に出てしまっては、機密を扱うこともある留守居役としては失格ではないか。

「ほかに考えが口に出てしまっていることはあるか」

「いえ、殿さまのときだけでございますよ」

「まことか」

「ええ、ほかのことは、ですので、私にもわかりませぬ」

「わかるのは殿のことだけか」

「はい、さようです。ご安心ください」

「ふむ、わかった」

食事を速やかに終えた平格は茶を喫した。

ふと著作のことが頭に浮かんできた。覚悟はしていたものの、今は著作の進みがあまりよくない。

そのことも平格は気になっている。

——口に出してはおらぬかな。

清江も茶を飲んでいるが、目を細めてじっくりと味わっており、平格の声が聞こえたようには見えない。

留守居役は酒を飲む機会があまりに多く、体調を保つのが難しい。やはり激務としかいいようがなく、執筆にかけられる時間はめっきり少なくなったのだ。

正直、いま取りかかっている蔦屋向けの著作はいつ仕上がるか、さっぱりわからない。このままでは重三郎に合わせる顔がない。

——刀番のままでいたほうが、よかったのではあるまいか。

正直、平格はそんなことまで考えている。

だが、今さら後戻りはできない。義敦からじかに任命された役目を返上するわけにはいかないのだ。

ふと寿平のことを思い出し、平格は首をひねった。

——あの男も留守居役だが、いったいどうやって執筆の時間をひねり出しているのだろうか。

噂《うわさ》をすれば影が差す、というが、寿平のことを思った途端、本人が佐竹家の上屋敷にやってきたから、平格は驚きに声を失った。

朝餉を終えて出仕するまで半刻《はんとき》ばかりの余裕があった。

「どうした、寿平。つとめはよいのか」

客間に通して平格はきいた。

「今日は非番だ」

「それはけっこうだな」

「月成さんは仕事だな」

「そうだ。半刻のちには出仕せねばならぬ」

平格は、目の前に座っている寿平をじっと見た。

「どうした、なにかあったのか」

寿平は明らかに血相を変えていた。

「ああ、あった」

平格は黙って寿平の次の言葉を待った。

「昨日の夕刻のことだ。福助が殺害されたぞ」

目に強い光をたたえて寿平がいった。

「なにっ」

平格の腰は自然に浮いていた。

「なにゆえそのようなことになった」

「それがまだ、はっきりとしたことはわからぬのだ」

平格は、日本堤で会ったとき、福助の影が薄かったことを思い出した。

――あれはもう半年以上も前のことだが、福助の死を暗示していたのか。

悲しみが込み上がってきて、平格は目を閉じた。

――まだ若いのにかわいそうに。無念だったろうな。

腹に力を込めて平格は目を開けた。目の前に座す寿平の顔が瞳《ひとみ》に映り込む。

「誰に殺されたのだ」

平格は寿平に問いをぶつけた。

「それもわからぬ」

「死因はなんだ」

「刃物で刺し殺されたらしい」

「場所は」

「源内さんの家の近所だ。なんでも源内さんの好物の豆腐を買いに行った帰りに、背後から刺し殺されたというぞ」

「豆腐を買いに行った帰り……」

そのことに平格は、普段と変わらぬ日常を感じた。

――まさか殺されるとは、福助は一瞬たりとも思ってもいなかったのではあるまいか。

まちがいなくそうだろうと思えて、平格は呆然《ぼうぜん》とした。すぐに気を取り直し、寿平を凝視する。

「源内さんはどうしている。大丈夫か」

源内は福助にぞっこんだった。福助を失った悲しみは、察するにあまりある。

「打ちひしがれているらしい。会っておらぬので、はっきりとわからぬが」

「番所はどうしている」

「北の番所が探索に乗り出したそうだ」

「下手人を捕らえてくれるだろうか」

真剣な眼差《まなざ》しを寿平が平格にぶつけてくる。

「月成さんが、下手人を捜し出したらよいのではないか」

そんなことを寿平がいった。平格はすぐにかぶりを振った。

「俺は素人に過ぎぬ。俺が手出ししても、うまくいくはずがなかろう」

「そんなことはあるまい」

口をとがらせて寿平がいった。

「この上屋敷で起きた殺しの一件は、見事に解決したではないか」

「あれは——」

すぐに平格は唇をぎゅっと引き結んだ。

――そうか、寿平は蔦屋さんがいろいろと教えてくれたからということを知らぬか。蔦屋さんに口止めされているから、俺は寿平にもそのことはいっておらなんだな。

俺はなに一つ謎《なぞ》を解いておらぬのだ、と平格は寿平にいいたかった。

――判じ絵の謎など、すべてを蔦屋さんが解いてくれたのだ。ならば、こたびも蔦屋さんに頼めばよいかもしれぬ。

それも手ではないか、と平格は思った。

――よし、時間を見つけて蔦屋さんに会いに行くことにしよう。

「なんだ、月成さん」

しげしげと平格を見て、寿平が呼びかけてきた。

「なにか思いついたらしい顔だな。なにを思いついたのだ」

「それはいえぬ」

「なにゆえいえぬのだ。俺と月成さんの仲ではないか」

「済まぬな。ちと約束があっていえぬのだ」

「なんだ、約束って。誰とかわしているのだ」

「それも秘密だ」

真剣な目で寿平が平格を見る。

「よくわからぬが、秘密を持つなど、いつも開けっぴろげな月成さんらしくないぞ」

「俺はこう見えても留守居助役だぞ。秘密の一つや二つくらいはあるさ」

「まあ、そうだろうな」

「寿平にも、俺にいえぬ秘密があるだろう。ちがうか」

「まあ、ないこともない。吉原でのしくじりとかな」

「えっ、そんなことがあったのか」

「うむ、まあ、あった」

「どんなことだ、そのしくじりというのは」

寿平がにやりとした。

「秘密に決まっておろう。――ふむ、そろそろ月成さんは出仕しなければならぬな。俺はこれで引き上げる」

「そうか。わざわざ済まなかったな。福助のこと、知らせてくれて、かたじけなかった」

「俺と月成さんの仲だ。こんな大事なことを伝えぬわけにはいかぬ」

――それにもかかわらず、俺は寿平にいえぬことを抱えているのか。蔦屋さんから寿平だけにはいってよいという許しを得るか。そうせぬと、こちらが心苦しくて辛《つら》くてならぬ。

「では月成さん、これで失礼する」

どっこらしょ、といって寿平が立ち上がった。平格もすっくと立った。

「済まぬな、寿平」

「うん、月成さん、なにを謝るのだ」

「俺と寿平の仲なのに、秘密を持ってしまって……」

「なに、よいのだ。気にするようなことではない」

明るい口調で寿平がいった。

「俺が相手であろうと約束を守ろうとする月成さんは、信頼に値する男だと思う。俺は、月成さんのそういうところも大好きだぞ」

その言葉がとてもありがたく、平格は寿平を抱き締めたくなった。だが、自分も寿平も陰間《かげま》遊びは一切関心がない。抱き締めるのはやめた。

笑顔で寿平が帰っていった。

玄関先に立ち、平格は寿平を見送った。

二

その後、平格は出仕した。

留守居役の詰所に赴《おもむ》き、重い心を抱えつつ同僚たちと茶を飲みながら雑談をした。

こんな日常の些細《ささい》なことが、黄表紙の創作にも役に立ちそうな気がする。

「平沢どの、知っておるか」

留守居役の先輩である槍目広蔵が平格にきいてきた。

「平賀源内どのの従者の福助が死んだことを」

「はい、存じております」

「ほう、そうか」

広蔵が意外そうな顔をする。

「平沢どの、誰からきいたのだ」

「倉橋寿平どのが今朝、訪ねてきまして、そのことを話してくれました」

「ああ、そうか。倉橋どのがな」

「槍目さまはどなたからきかれたのです」

広蔵を見つめて平格は問い返した。

「松坂屋の江戸店《だな》の差配役が、今朝、使いをよこしたのだ」

「ああ、さようでしたか」

松坂屋は佐竹家の御用商人で、福助は久保田城下にある松坂屋の本店で丁稚《でっち》として働いていたのだ。その縁から、いち早く福助の死を知ったのだろう。

「下手人について、槍目さまはなにか聞いておりますか」

「いや、なにも。ただ、福助が殺された事実だけを松坂屋は知らせてきた」

まだ誰も詳しいことは知らぬのだな、と平格は思った。

詰所の板戸が開き、茶坊主の観啓《かんけい》が入ってきた。観啓は留守居役たちの世話係のような者である。平格たちの小用もてきぱきとこなしてくれる。

観啓がまっすぐ平格のもとにやってきた。

「平沢さま。お客さまでございます」

小腰をかがめて観啓がいった。

「客とな。どなたかな」

「平賀源内さまでございます」

「ええっ」

平格も驚いたが、詰所にいる留守居役全員も目をみはって観啓を見ている。詰所全体がざわついた。

「源内さんは、それがしに会いに見えたのか」

「そのようでございます」

「なに用か、源内さんはおっしゃったか」

「いいえ、なにもおっしゃっていません」

「わかった。源内さんは客間にいらっしゃるのかな」

「さようです」

うなずいて平格は腰を上げた。留守居役全員の眼差しを浴びつつ、詰所を出た。

暗い廊下を歩いて平格は客間に向かった。

客間の襖《ふすま》は開いていた。

中に入る前に、平格はちらりとのぞいた。

源内が座しているのが見えた。ただし、源内は一人ではなかった。二人の浪人とおぼしき侍が源内の後ろに控えるように座っていた。

――この二人は何者だろう。

平格には初めて見る侍で、何者なのか、まったく見当がつかなかった。

「失礼します」

一礼して平格は客間に足を踏み入れた。

目を畳に落とすようにして、源内が座布団に座している。背中が年寄りのように丸まっていた。

ひどく憔悴《しょうすい》しているのは明らかである。福助を失った衝撃は、平格が考えていた以上に源内にとって大きかったようだ。

「源内さん」

源内の向かいに座り、平格は声をかけた。

びっくりしたように源内が顔を上げた。

「あ、ああ、朋誠堂さん……」

源内は、平格が入ってきたことに気づいていなかったのだ。

源内の顔を見て、うっ、と平格はうなりそうになった。源内の顔色があまりにどす黒かったからだ。まるで病人である。

酒の飲み過ぎで肝の臓をやられた者がこんな顔色になるのを平格は知っているが、まさにそんな感じである。

「源内さん、大丈夫ですか」

力のない笑いを源内が漏らした。

「いえ、大丈夫ではありませぬ」

「そうでしょうね」

相づちを打って、平格は源内にきいた。

「こちらのお二人はどなたさまですか」

平格の眼差しが向いている先を見て源内が、ああ、とうなずいた。

「この二人は、わしの用心棒だ」

「えっ、用心棒」

平格のまったく考えもしなかったことを源内が告げた。

「源内さん、命を狙《ねら》われているのですか」

源内を見つめて平格はたずねた。

「どうもそのようなのだ」

「誰に狙われているのですか」

「それはまだわからぬ」

それまでどんよりと濁っていた源内の目に、不意に光が宿った。その瞳で平格を見つめてくる。

「源内さん、いつからこのお二人をつけたのです」

「今日からだ。今朝、懇意にしている口入屋に行き、つけてもらったのだ」

「さようですか」

それはまた素早いな、と平格は思った。

「朋誠堂さん、お願いがあるのだ」

背筋を伸ばして源内がいった。

「はい、なんでしょう」

源内をじっと見返して、平格は居住まいを正した。

「福助が殺されたことはもうご存じだな。その下手人を朋誠堂さんに捜してほしいのだ」

「ええっ」

平格は絶句した。まさかそんなことを頼まれるとは、思いもしなかった。ごくりと唾《つば》を飲み込む。

「源内さん。申し訳ありませぬが、それがしにはそんな才覚はありませぬ」

「朋誠堂さん、それがしは、福助の無念をなんとしても晴らしたいのだ。どうか、お力添えをお願いしたい」

「源内さんのお気持ちはよくわかりますが、それがしには下手人を捜し出す力などまことにありませぬ」

「そのようなことはなかろう」

目に怒りをたたえて源内がいった。

「この屋敷で起きた殺しの一件を見事に解決したとわしは聞いておる」

「それは……」

平格は言葉に詰まった。

「福助が死んだのは自分のせいだ」

うなだれた源内が唇を震わせ、いかにも悔しそうにいった。

「狙われているのは、このわしなのだ。福助は、わしの身代わりになって殺されたにちがいないのだ。福助は、見せしめに殺されたようなものだとわしは思っている」

——えっ、そうだったのか。

「源内さん、いったい誰に狙われているのですか」

平格は改めてきいた。

「それがわからぬのだ」

途方に暮れたように源内が答える。

「心当たりは」

「ないといえばない。あるといえばある。正直、多すぎてしぼりきれぬ」

そうかもしれぬな、と平格は思った。源内は山師といって差し支えない男である。源内本人にその気がなくとも、これまで欺《あざむ》かれたと感じた者は数えきれぬほどではないか。

源内にだまされたと考えた者が、まず福助を殺し、次に源内を狙っているということか。

源内を殺そうとする理由はなんなのか。うらみか。それとも金か。

――山師ならやはり金か。

「源内さん、借金はありますか」

平格は源内に問いをぶつけた。

「うむ、借金は方々でしている。その金はろくに返しておらぬ。だからといって、わしを殺そうとする者はおらぬのではないか、という気がしているのだが……」

では、ほかに源内にうらみを持つどんな理由が考えられるだろうか。

「源内さん、誰かから、うらみは買っていますか」

「買っていいような」

あっさりと源内が肯定する。

「わしには偏屈なところがあるゆえ、自分では気づかずとも、知らぬうちにわしにうらみを覚えている者もきっと少なくなかろう」

顔を上げ、源内が平格を見つめてきた。目には期待の色のようなものが見えている。

「朋誠堂さん、そんなことをきいてくるとは、下手人捜しを引き受けてもらえるのか」

「源内さん、今それがしは留守居助役を拝命しています。あるじ持ちの身であるのです。ゆえに、とても源内さんのお役に立てそうにありませぬ」

「断るというのか」

「まことに申し訳ありませぬが……」

源内の目がまた怒りに燃えた。

「源内さん、まことにそれがしには下手人を捜し出せるような力はないのです」

しかし、源内は引き下がらない。

「だが、朋誠堂さんはものの見事にこちらの上屋敷で起きた事件を解決したではないか」

源内が先ほどと同じ言葉を繰り返した。

「いえ、あれは……」

あの一件は蔦屋重三郎が解決に導いてくれたに過ぎない。自分はなにもしていない。

「源内さん、それがしはあるじ持ちです。あるじの許しも得ずに勝手な真似《まね》はできませぬ」

「朋誠堂さんの言い分はよくわかった」

ふらりと立ち上がった源内は客間を出ていった。すぐに二人の用心棒があとに続く。

少し疲れを覚え、平格は客間にしばらく座っていた。

それからゆっくりと立ち上がり、留守居役の詰所に戻った。

詰所の誰もが物問いたげな顔で平格を見てきている。

「源内さんの用事はなんだったのだ」

平格のそばに来て、きいてきたのは槍目広蔵である。

「申し訳ありませぬが、それについてはいえませぬ」

平格は広蔵にいった。源内が頼み込んできたことを、他者に話してよいということはなかろう。

「さようか」

広蔵は興ざめしたような顔になった。口の軽い者ならおもしろおかしくいうのかもしれないが、自分はそういう男ではない。

板戸が開く音がした。見ると、またしても観啓が詰所に入ってきたところだった。

平格に向かってまっすぐ進んでくる。

――また俺に用事か。

平格は観啓を見つめた。

観啓が平格のそばまで来て足を止めた。

「平沢さま、殿がお呼びでございます」

「殿が……」

もしや元気になられたのだろうか、と平格は思った。

――それならばうれしいのだが。

「すぐにまいるようにとの仰せでございます」

「うむ、わかった」

平格は素早く立ち上がった。観啓が先に立ち、平格を対面の間に案内する。

――久しぶりに殿のお顔を見られる。

「おう、平格、来たか」

脇息《きょうそく》にもたれた義敦が朗らかな声を投げてきた。

「平格、近う寄れ」

義敦にいわれるまま一間ほどまで近づき、平格はそこで端座した。控えめな眼差しを義敦に当てる。

さほど顔色がよいとはいえないが、義敦はまずまず体調がよさそうに見えた。にこにこと笑んで、平格を見ている。

「殿、お久しぶりでございます」

両手を畳につき、平格は平伏した。

「うむ、まことにな。平格、いつ以来かな」

平格は顔を上げた。

「正月に、ご挨拶《あいさつ》をして以来ではないかと思います」

「では、ほぼ四月ぶりか」

「はっ、そういうことになりましょう」

「平格、月日のたつのはまことに早いな。もう四月も終わりだぞ」

「おっしゃる通りでございます」

「歳《とし》を取るのも当たり前だな」

脇息から身を離し、義敦が背筋を伸ばして平格を見る。その表情には真剣さがみなぎっていた。

「平格、福助の無念はあまりあるな」

いきなりそんなことを義敦がいったから、平格は瞠目《どうもく》した。

「殺された福助は、我が家の御用商人松坂屋の元奉公人である。松坂屋のためにも、下手人を捜し出す必要がある。平格っ」

怒鳴るように義敦が呼んできた。

「はっ」

さすがに義敦の声には威厳があり、平格は素早くかしこまった。

「福助殺しの下手人を捜し出すのだ」

思ってもいない言葉が降りかかり、平格は驚いた。

「えっ」

頓狂《とんきょう》な声が口を突いて出る。

「平格、承知か」

「は、はい」

「必ず下手人を捜し出すのだ」

「わかりました。しかし殿」

「なんだ」

「下手人捜しは、番所に任せるのがよろしいのではありませぬか」

「番所より、そなたのほうが役に立とう」

平格は首をひねってみせた。

「それはいかがなものかと」

「よいか」

平格の言葉が聞こえなかったかのように義敦が声を励ました。

「平格、下手人を捜し出すまで、この屋敷に戻ってくるでないぞ」

ええっ、と平格は驚愕《きょうがく》した。まさかそんなことをいわれるとは、夢にも思わなかった。

「それは冗談だ。安心せい。体を休めるのに、やはり住み慣れたこの屋敷がよかろう。ただ、この屋敷に戻らぬという心構えで探索に臨んでほしいのだ。平格、わかったか」

「はっ、わかりました」

まさにこれは厳命としかいいようがない。

なんということだろう、と思ったが、義敦の命である。平格は受けるしかなかった。

「福助殺しの一件を解決するまで、留守居役の仕事は免除する。頭取の又井清兵衛にもすでにいい含めてあるゆえ、安心せよ」

身を乗り出して義敦が付け加えた。

この唐突すぎる決定は、と平格は思った。

――源内どのが、じかに我が殿に依頼したゆえであろう。

先ほど客間を出た足で源内は義敦に会ったにちがいない。

主君の命に、よほどのことがない限り家臣は逆らえない。

平格には、福助殺しの一件の探索を開始するしか道はなかった。

対面の間を出た平格はすぐに顔をしかめた。

――俺には、まことに探索の才などないのに、どうすればよいのだ。

胸中を苦いものが這《は》い上がってくる。廊下を歩きつつ平格は腕組みをした。

――やはり、蔦屋さんに会いに行くべきか。

しかし、それも芸のないことのように思えた。いきなり重三郎を頼るなど、本当に自分にはまったく才がないことを白状するようなものではないか。

――確かに俺には探索の才など、これっぽっちもない。だが、誤解からとはいえ、殿からじかに命じられたのだ。せっかくだ、下手人探索に取りかかってもよいのではないか。

急に、自分の力を試す恰好《かっこう》の機会のように思えてきた。

——よし、やってみるか。まずは、蔦屋さんを頼ることなく、おのれ一人で探索を進めてみることにしよう。もしなにもできず、探索に行き詰まったそのときに、蔦屋さんに相談すればよいではないか。

そう心に決めて、平格は詰所に戻った。刀架《とうか》にかけてある松崎石見を腰に帯びる。

「おっ、出かけるのか」

すぐさま槍目広蔵が平格にきいてきた。

「はい、出かけます」

平格はきっぱりと答えた。

「平沢どの、殿にはどのような用件で呼ばれたのだ」

留守居役とはまったく関係のないことではあるものの、義敦からの正式な命で動くわけだから、これについては槍目どのに話しても差し支えなかろう、と平格は判断した。

すでに頭取の清兵衛も知っていることでもある。

「それがしは、福助殺しの探索をすることになりました」

「えっ、それは殿に命じられたのか」

「はい、そういうことです」

「殿にな。平沢どの一人で探索をするのか」

「そういうことになりましょう。供として中間《ちゅうげん》の忠吉を連れていきますが」

「そうか。鴨志田どのが殺されたとき、おぬしは鮮やかに解決してみせて、皆の度肝を抜いたからな。留守居助役とはいえ、殿に下手人の探索を命じられるのは、当然のことかもしれぬ。がんばってくれ」

「はい、力を尽くします」

そこにいる留守居役全員に頭を下げてから、平格は詰所を出た。

——さて、どうやって調べるか。

主殿を出た平格は長屋門までやってきた。

——源内さんは、おのれに対するうらみから福助が殺されたといった。だが、果たして本当にそうなのか。

福助自身が誰かのうらみを買っていたことも考えられる。下手人は、端《はな》から福助を狙っていたということも十分に考えられる。

——よし、福助の身辺を探ることからはじめるとするか。

福助は深川清住町《きよすみちょう》にある源内の家に住していた。

平格は、深川清住町に足を運び、福助の評判を拾うことにした。

福助が誰かからうらみを買っていないか、まずはそれを確かめるのだ。

三

清住町に着いた平格は、忠吉とともに界隈《かいわい》をくまなく当たって福助のことをきいて回った。

だが、結局、福助は温和で人にうらみを買うような男ではなかったのがはっきりしたに過ぎなかった。

——思った通りか。

ならば、源内のいうように、源内に対するうらみから福助は殺されたのか。

——そうではなく、痴情のもつれということはないか。福助は浮気など、していなかったのか。

よし、調べてみるか、と平格は意気込み、清住町のあたりを再び聞き込んだ。

福助が源内以外の男と歩いていることがなかったか、などを行きかう者にたずねてみた。

だが、そんな光景を目の当《ま》たりにした者は一人もいなかった。

——福助には、どうやら浮気の形跡はまったくないようだな。

大して歩き回ったわけでもないのに、平格はすでに疲れを覚えている。

——こいつは大変な仕事だな。

町方の同心や岡っ引、下っ引の苦労がしのばれた。

——さて、次はなにを調べるべきか。

忠吉と一緒に茶店《ちゃみせ》に寄って一休みし、平格は思案した。

——体が疲れたら、頭まで働かなくなってきたぞ。

正直、次の手が平格は思い浮かばなかった。

——蔦屋さんに行くか。

重三郎に会えば、有益な助言をもらえるのではないか、という気がする。いや、まちがいなくもらえるだろう。

——いや、まだいくらなんでも早いぞ。

探索にかかってからまだほんの二刻もたっていないのだ。

——源内さんがうらみを買っているという筋を当たることにするか。それには、じかに源内さんに話を聞くのがよかろうな。

二人分の茶代を払い、平格は茶店をあとにした。忠吉を連れて源内の家を目指す。

小便くさい路地に入った。両側は家が建て込んでいるが、路地に人けはまったくない。

路地を足早に歩きはじめたとき、いきなり平格の全身に寒けが走った。

実際、今日は時ならぬ涼しさが江戸の町を覆っているのだが、それとはまったく別のものだ。

――これは殺気だ。

鋭く振り向き、平格は刀の柄《つか》に手を置いた。

路地の入口に一人の男が立っていた。深くほっかむりをしている。

身なりは着流し姿で、刀は一本差である。

浪人にしか見えない。いかにも遣《つか》えそうな雰囲気を身にたたえていた。

――なんだ、こやつは。

腰を落とし、平格は男をにらみつけた。いつでも松崎石見を引き抜ける姿勢をとる。

「忠吉、こっちに来い」

しかし忠吉は動こうとしない。浪人をにらみつけている。

平格は忠吉をかばうように前に出た。

「きさま、朋誠堂喜三二か」

低い声で浪人とおぼしき男がいった。

「そうだといったら」

「殺す。邪魔ゆえ」

この男は殺しをもっぱらにする者なのか。つまり、殺し屋というのは、まことにこの世にいるものなのか。

「邪魔だと」

押し殺した声で平格はきき返した。

「きさま、漏れ聞いたところによると、佐竹の上屋敷で起きた殺しの一件を鮮やかに解決してみせたそうではないか。その上、愛洲陰流の達人とも聞いた。どう考えても、邪魔者でしかない」

「愛洲陰流を遣うのはまちがいないが、鮮やかに解決したというのは、まちがいだな」

「まちがいだと」

「そうだ。俺はなにもしておらぬ」

「嘘《うそ》だな。佐竹の上屋敷に出入りしている商人もそのことは噂《うわさ》しておった。まことの話でないはずがない」

「それがな、実はまことのことではないのだ」

「だが、今も福助のことをいろいろと嗅《か》ぎ回っておるではないか」

「それはまちがいではない。そちらは源内さんたっての頼みだ」

「源内から頼まれたか。それは、上屋敷での一件を解決したからだな」

浪人が決めつけるようにいった。

——これはなにをいおうと、もはや意味はないな。

それに福助殺しに深く関与していると思える男が目の前にあらわれたのだ。これは僥倖《ぎょうこう》としかいいようがない。

平格は目の前の浪人を見つめた。

「福助は、きさまが殺したのか」

「そうだといったらどうする」

せせら笑うように浪人がきく。

「では、これよりきさまを捕えることにする。よいか」

ふふん、と浪人が鼻で笑った。

「果たしておぬしにできるかな」

「できるさ」

浪人を見つめて、平格はいい放った。

「そうか、ずいぶんとおのれに自信があるのだな。さすがに、愛洲陰流の達人だけのことはある」

鯉口《こいぐち》を切って平格は浪人を見据えた。

「きさま、殺し屋なのか」

「はて、どうかな」

「誰に頼まれて福助を殺した」

はっは、と浪人が快活な笑い声を上げた。

「そのようなことをきかれて、素直に白状する者がいると思うか」

「殺し屋の矜持《きょうじ》ということか」

「まあ、そんなものだ」

「源内さんも殺すつもりか」

「さて、どうかな」

「ふむ、殺す気なのだな。その気がなければ、否定すればよいだけのことだからな」

「上屋敷での殺しを見事に解決しただけのことはあるな。やはりおぬしは頭の巡りがよいようだ。よし、ではやるとするか」

再び浪人の体から殺気が放たれはじめた。平格の体をかたく縛りつけんばかりの強烈さがある。

――こいつはすごいな。これほどの殺気を放つ者がこの世にいるとは。

浪人がすらりと刀を抜いた。陽射《ひざ》しを受けて、刀身が鈍く光る。

「行くぞっ」

宣して浪人がいきなり突っ込んできた。先に攻撃したほうが有利であることを知っているのだ。

そして、踏み込みは深かった。恐れ気もなく突進してきた。

真剣での戦いに慣れているのだ、と平格は悟った。

一瞬で間合が縮まった。

平格は、まだ自分が抜刀していないことに気づいた。

――しまった。

なんと間の抜けたことをしてしまったものか。浪人は、平格がろくに実戦の経験がなく、ただ呆然《ぼうぜん》と動けなくなっているとみたのではあるまいか。

平格はあわてて松崎石見を抜いた。だが、上段から振り下ろされた浪人の刀は、平格の眼前に迫っていた。一瞬後には、平格の頭を真っ二つにする勢いだった。

松崎石見を振り上げていては間に合わない。平格は咄嗟《とっさ》に横にはね飛んだ。

今まで体があったところを、浪人の刀が通り過ぎていく。

刀を抜きざま、平格はすぐに体勢を立て直した。

だが、返す刀が平格の胴を両断しようとしていた。

平格は体を投げ出した。よけられたかわからなかったが、地面をごろりと転がったときには痛みはなにも感じなかった。

——胴を二つにされたにもかかわらず、ただ痛みを覚えておらぬだけではないのか。

立ち上がった平格は、胴と足がつながっているのをはっきりと見た。

——よかった。俺はまだ生きている。

その直後、さらに斬撃《ざんげき》が平格の左肩めがけて落ちてきた。

平格は抜き放った松崎石見を動かし、その斬撃を峰で受け止めた。

——間に合ったか。

だが、すぐさま浪人は手元の刀を引き、逆胴に払ってきた。

平格はそれも松崎石見で打ち返した。ぎん、と鈍い金属音が立ち、強い衝撃に両手が包まれた。

間髪容《い》れず、浪人は刀を下段から振り上げてきた。

その斬撃は平格の視界の外からやってきた。やはり目の前の浪人は、真剣での戦いの経験が豊富なのだろう。どうすれば見えにくい斬撃を振るえるか、熟知しているのだ。

平格はぎりぎりで浪人の刀を弾《はじ》き返した。またも強烈な手応《てごた》えが伝わってくる。平格の体がわずかに斜めに傾いた。まずい、と思ったが、体勢を崩したのは浪人も同じだった。

浪人はあわてて体勢を立て直そうとしている。いち早く松崎石見を引き戻した平格は、浪人の懐に一気に飛び込んでいった。

松崎石見の突きを浪人に見舞う。突きは大技だが、浪人が体勢を崩している今なら、有効であるはずだ。

松崎石見の刀尖《とうせん》が浪人の肩に突き刺さろうとする。

だが、突き刺さりはしなかった。浪人はぎりぎりでかわしてみせたのだ。

松崎石見は、浪人の肩をかすめていった。

だが、浪人の着物が破れ、そこから血が噴き出した。

むっ、と浪人がうなり声を上げた。ほっかむりの中の目が平格を鋭くねめつける。

「くっ」

浪人が奥歯を嚙《か》み締めた音が、平格の耳に届いた。

くるりと体を返すや、浪人がいきなり駆け出した。

――逃げるか。

追おうとしたが、平格の足も動かなかった。遣い手を相手に真剣で戦ったせいで、疲れ切っていたのだ。

ふいごのような息がおさまらない。

しばらく立ち尽くしていた。

呼吸がようやくおさまり、ふう、と息をついて平格は松崎石見を鞘《さや》におさめた。

――撃退したか。

だが正直、かなり危うかった。紙一重の差でこうして生きていられるようなものだ。

――しかし、俺が探索に乗り出したことを今の殺し屋は知っていた。ということは、源内さんの動きを監視している者がいるのではないか。

やはり福助が殺されたのは、と平格は思った。源内さんへのうらみと考えてよいのではないか。

まちがいあるまい、と平格は結論を下した。

忠吉とともに源内の家を訪ねた。

源内の家に着いたときには、たぎっていた血はすでにおさまっていた。

「ああ、朋誠堂さん」

庭に立つ平格を認めた源内は、福助の葬儀の支度に追われているようだったが、すぐに庭に出てきた。

「よく来てくれた。福助殺しを調べてくれるのだな」

「その通りです」

平格は深呼吸した。なにからきくべきか、頭を巡らせる。

「源内さん、最近、身辺で妙なことが起きていませぬか」

「妙なことというと」

「なんでもよいのですが。人に見られている気がするとか、大八車に轢《ひ》かれそうになったとか、嫌がらせを受けたとか、福助以外にも親しい人に不幸があったとか、そんなことでよいのですが」

「ああ、そういえば、親しい人が一人、亡くなったばかりだ」

「えっ、どなたですか」

すぐさま平格は食いついた。

「薬種問屋の西海屋《さいかいや》のあるじで、仁兵衛《じんべえ》という者だ」

「仁兵衛さんは殺されたのですか」

「いや、そうではない。自宅の庭の池で溺死《できし》したのだ」

「池で溺れたのですか」

「仁兵衛は、庭で立ち小便をする癖があったそうだ。夜でも構わず庭に出て、立ち小便をしていたようなのだが、死んだときも立ち小便に出たようだ。そのときにどうやら足を滑らせて池に落ち、石で頭を打ったらしく、運悪く溺死してしまったというな」

「仁兵衛さんが亡くなったのは、いつのことですか」

「半月ばかり前のことだ」

「仁兵衛さんは池で溺れたということですが、池に落ちた音を家人は聞いておらぬのですか」

「詳しくは知らぬが、聞こえなかったのではないかな。聞こえていたら、さすがに助けに出たと思う」

その通りだろうな、と平格は思った。

か。

――西海屋の仁兵衛さんも、実は先ほどの殺し屋に殺害されたということはないのか。

十分に考えられるような気がした。平格は軽く息を入れた。

「源内さんは、仁兵衛さんと親しくしていたのですね」

「うむ、親しかった」

「どのような関係だったのですか」

それか、と源内がつぶやいた。

「朋誠堂さんは、わしが本草学に造詣《ぞうけい》が深いことを存じているな」

「はい、よく存じております」

「西海屋もそのことに目をつけて、わしに近づいてきたのだ。どうやらよく売れる薬を新たにつくってほしいと思っていたようだ」

「実際に西海屋からその手の依頼があったのですか」

「うむ、あった。わしは、心の臓に効く新薬を三年がかりでつくった」

心の臓の薬と聞いて、平格はぴんときた。

「もしやその新薬は延妙丸ですか」

「おっ、よく知っておるな」

源内が目を丸くする。

「その通りだ。西海屋は延妙丸を売り出し、相当の儲《もう》けを手にしたというぞ。わしにもまとまった金をくれたが、実際の売り上げに比べたら、さしたるほどの金ではなかっただろう」

西海屋のあるじ仁兵衛がさっきの殺し屋に殺害されたとして、と平格は思った。

――福助の一件にも、もしや延妙丸が関係しているのだろうか。

「ほかに親しい人が、亡くなったというようなことはありますか」

「いや、ないな。最近では西海屋仁兵衛と福助だけだ」

どこか苦しげな口調で源内が答えた。

「わかりました」

平格は、西海屋仁兵衛の死に的をしぼって調べを進めることにした。

四

日本橋岩代町《いわしろちょう》にある西海屋を訪ねた。

死んだ仁兵衛に代わり、今はせがれの棟兵衛《とうべえ》が主人となっていた。

源内の紹介で来たというと、棟兵衛が会ってくれた。平格はさっそく仁兵衛の死についてきいた。

「御番所の同心にもいらしていただきましたが、父の死にはこれといって不審なところはありませんでした」

「そうですか」

平格は次になにを問うべきか考えた。

「ここ最近、西海屋さんになにかおかしなことは起きておりませぬか。特に延妙丸に関してですが」

延妙丸と聞いて棟兵衛の眉《まゆ》がぴくりとした。

「なにかあるのですね」

「ええ」

力なく棟兵衛がうなずく。

「いちゃもんをつけてくる者がいるのです」

「いちゃもんですか。それは延妙丸のことについて難癖をつけてくるのですか」

「さようです」

苦々しい顔つきで棟兵衛が認めた。

源内が端整な顔をほころばせた。

「ところで源内さん、延妙丸のことで源内さんに難癖をつけてきた者はおらぬか」

「ああ、おるぞ」

源内があっさりと答えた。

「なんでも延妙丸のせいで、孫が死んだとかいっていた。わしに謝罪の言葉がほしいといっていたな」

「謝罪したのですか」

「するわけがない。延妙丸は薬だ。人を殺すような類《たぐい》のものではない。わしが心血を注いでつくり上げた薬だ。妙なことが起きぬよう、心を尽くしてつくったものだ」

自信たっぷりに源内がいった。

「難癖をつけてきたのは誰ですか」

平格は勢い込んできいた。

「あれが誰かは知らぬ。ただ、一度、麴町《こうじまち》のほうで見かけたことがある」

「麴町で……」

そのあたりに住んでいるのだろうか。

「源内さん、人相書を描《か》けますか」

「お安いご用だ」

源内がすらすらと人相書を筆で描いた。

「うむ、よくできているな。そっくりだ」

自画自賛して源内が小さく笑った。

「では、この人相書はお借りします」

懐に人相書をしまい込んだ平格は外に出た。

「朋誠堂さん、今夜から用心棒に来てくれるのか」

どこか心細げに源内がきいてきた。

「ええ、そのつもりです」

深くうなずいて平格は源内に答えた。

五

源内の描いた人相書を手に、平格は麴町を歩き回った。忠吉がいつもと同じく供についている。

さほど時をかけることなく、人相書の主と思える者が見つかった。

——ここか。

久寿田屋《くすだや》という油問屋の豪商で、あるじは季右衛門《きえもん》といった。訪ねる前に、季右衛門が孫を最近失ったか、近所の者に平格はきいてみた。

二月ほど前に孫は確かに死んでいた。

——まちがいあるまい。

小細工するのはいやで、平格は正面から久寿田屋を訪ね、堂々と季右衛門に面会した。

座敷に端座していた平格の前にあらわれたのは小柄な老人である。この男がじかに手を下せるわけがない。

——やはり、あの殺し屋を雇ったのではないか。

「延妙丸で、お孫さんを失っていますね」

平格はずばりと季右衛門にいった。

「ああ、わしにとって唯一の肉親だった」

感情を覚えさせない顔で季右衛門が答えた。

「二親《ふたおや》は」

「もうとうに死んでいる。流行病《はやりやまい》でな」

「殺し屋を頼みましたね」

季右衛門はなにもいわない。むしろ無表情である。

抑えきれない怒りを無理に抑え込んでいるからこんな顔をしているのではないか、と平格は思った。

──やはりまちがいない。この男が福助を殺させたのだ。

「源内さんを亡き者にするよう殺し屋に依頼しましたね」

「知らん」

そっぽを向いて季右衛門がしらを切る。

「どうか、思いとどまってくださいませぬか」

両手をついて平格は懇願した。

「延妙丸で実際に救われた人も大勢いるのですから」

平格をじっと見て季右衛門が首をひねる。

「平沢さまといわれたか、いったいなにをおっしゃっているのですかな」

「とぼけるのか」

ついに平格は声を荒らげた。

「とぼけるもなにも、ただわけがわからないだけですよ」

どうやら、と平格は思った。季右衛門はまだ孫を失った悲しみが癒《い》えていないのだろう。

そして、源内に対するうらみはいまだにちっとも薄れていないようだ。

必ず殺すという憎しみで、心が充《み》ち満ちているように平格は感じた。

そういえば、と季右衛門がいかにも冷淡な声でいった。

「源内の福助とかいう小者《こもの》が死んだらしいな。この世で最もいとしい者を失った男の悲しみが、源内とやらは少しはわかったのかな」

やはりこれが理由だったか、と平格は思った。愛する者を失った悲しみがいかほどのものか、源内に味わわせるために福助は殺されたのだ。

「ならば、受けて立つ。源内さんは今も清住町の家にいる。俺が用心棒としてついている。相応の覚悟でやってくるように、殺し屋にはいっておくことだ」

いい放って平格は席を立った。

六

その夜、忍び込んできた男がいた。

ほっかむりをしている。

松崎石見を手に、平格はすぐさま立ちはだかった。

「まさか本当に来るとは思いもしなかったぞ」

目の前にいるのは、黒装束に身を包んでいるとはいえ、この昼に清住町の路地で平格と戦った凄腕《すごうで》の殺し屋でまちがいなかった。

「仕事を受けた以上、どんなことがあろうと、最後までやり遂げるのが俺の信条だ」

「金をもらって人の命を奪ういやしい殺し屋にしては、大した信条ではないか」

平格は殺し屋を見つめた。殺し屋が平格にきいてきた。

「源内はここを出ておらぬな」

「ああ、隣の間にいる」

「なにゆえ逃げぬのだ」

「きさまの最期を見たいらしい」

「なるほど、そういうことか」

「きさま、本当に俺とやるのか」

すごみのある声で平格はきいた。

「やるさ。なにがあろうと最後までやり遂げるといったではないか」

「ふむ、よい覚悟だ。では決着をつけるか」

「よかろう」

ふふ、と殺し屋が笑った。

「おぬしを倒せば、源内も死ぬというわけか」

「まだ二人の用心棒がおるぞ」

「あの二人は大した腕ではない。おぬしを倒せば、源内の命は奪ったも同然よ」

いうや、殺し屋が刀を引き抜いた。

平格も松崎石見を抜いた。すぐさま胴に松崎石見を振っていく。

殺し屋はよけ、斜め上から袈裟懸《けさが》けに刀を振るってきた。

平格は横に動いてそれをかわした。すぐさま殺し屋が下段から刀を振り上げてきた。

平格はこれを待っていた。殺し屋の下段からの振り上げは見えにくいが、右の脇《わき》の下にわずかな隙《すき》ができるのを、昼間に対戦したときに見て取っていたのだ。

左に動いて斬撃をさけるや、平格は右の脇の下めがけて松崎石見を振るっていった。

そこに松崎石見の刃が入った。それでもさすがに凄腕の殺し屋らしく、ぎりぎりでかわそうという動きを見せた。

そのため刃がかすかにずれ、致命傷には至らなかったようだ。

あわてたように殺し屋が距離を取り、後ろに下がった。

驚きの目で殺し屋が平格を見ている。

「昼間に襲わなければよかったな。所詮《しょせん》、物書きだとおぬしを甘く見たのがまちがいだった」

悔いるように殺し屋がいう。

右の脇の下から血が出ている。

「まだやるか」

平格は挑発するようにいった。

「やるさ」

殺し屋が刀を振り上げ、飛び込んできた。刀を一気に振り下ろしてくる。

その斬撃を平格は松崎石見で弾き上げた。刀が殺し屋の手から飛んでいき、襖に当たって畳に落ちた。

さらに平格は峰を返した松崎石見を殺し屋の腹に叩《たた》き込んだ。

ううっ、とうなって殺し屋がどすんと尻餅《しりもち》をついた。そのまま苦しげにうめき、動けなくなった。

「縄をください」

隣の間にいるはずの源内に平格は頼んだ。

からりと襖が開き、用心棒の一人が縄を手に出てきた。平格は自ら殺し屋に縄を打つつもりでいたが、用心棒がそのまま進んで殺し屋に縛《いまし》めをしようとした。

だが、その用心棒は殺し屋にいきなり投げ飛ばされたのだ。そして、あっさりと刀を奪われた。

——なんということだ。

斬りかかるのを忘れて、平格は呆然とするしかなかった。

「朋誠堂喜三二っ」

刀を構えた殺し屋が呼びかけてきた。

「今日のところは俺の負けだ。それは認めよう。だが、次に会うときはちがうぞ」

いうや、殺し屋が体をひるがえした。

平格に追う気はなかった。追ったところですでに追いつけないことはわかっていた。

——いらぬことをしおって。

用心棒に対して怒りがたぎったが、怒鳴りつけたところでもはや詮ないことでしかなかった。

依頼した殺し屋が源内殺しに失敗したことを知った季右衛門は、すぐにまた新たな殺し屋を差し向けるのではないか。

今度はさらなる凄腕だろう。

切りがない。

まさか、こちらから久寿田屋を殺しに行くわけにはいかない。

田沼意次に頼み、久寿田屋を取り潰《つぶ》してもらうという手もある。

だが、自分が狙われたわけを知った源内がそのことをいやがった。

「久寿田屋季右衛門の前で自害する」

とまでいい張ったのだ。

さすがに源内にそんな真似はさせられない。

いい知恵を授けてもらうために、あくる朝、平格は蔦屋を訪ね、重三郎に会った。

平格の話を聞いた重三郎がすぐに口を開いた。

「ここは、源内さんに死んでもらうしかないでしょう」

重三郎がそんなことを口にしたから、平格は仰天した。

七

その後、源内はひたすら身を隠していた。

田沼家の抱屋敷《かかえやしき》にずっとひそんでいたのだ。

殺し屋と平格が源内の家で闘争してから半年後、源内が清住町の家にようやく戻ったという話を平格は聞いた。


それから数日たった十一月二十一日。

この日の昼間、非番で平格は寿平とともに、上屋敷の家で酒を飲んでいた。

「源内さんは今どうしているのかな」

酒を飲みつつ寿平がしきりにいった。

「寿平、もう酔ったのか。だから、今は清住町の家におるのだ」

「その家で源内さんはどうしているのかな、と思ったのだ。愛する福助を失ってしまって、空虚な気持ちを今も抱えているのではないのかなあ」

「うむ、そうかもしれぬな」

平格は相づちを打つように答えた。

「どうした、月成さん」

不意に寿平がそんなことをきいてきた。

「どうしたって、なにが」

少し驚いて平格は寿平に顔を向けた。

「いや、今日は心ここにあらず、という風情《ふぜい》に見えるぞ」

「そうかな」

手を動かして平格はつるりと顔をなでた。

「そんなこともないのだが」

「もう酔ったのか」

「このくらいの酒で酔うような男ではないぞ」

「ならば、飲みが足らぬのだ」

徳利を傾け、寿平が平格の猪口《ちょこ》に酒を注いだ。それを平格はすすった。

「ああ、うまいなあ」

「うむ、酒はうまい。こんなうまいものをやめる者がいるというのだ。世の中には阿《あ》呆《ほう》がおるものだ」

「だが、飲み過ぎはいかぬぞ、寿平」

「飲み過ぎるほど飲んでやったほうが、この世に生まれてきた酒も喜ぶのではないか」

「そういうものかな」

「そういうものさ」

平格と寿平が二人してだいぶ飲んだとき、源内から使いがあった。使いは新たに源内の小者となった男で、もともと田沼家に中間として仕えていた。

小者の顔は蒼白《そうはく》だった。

小者が渡してきた文を平格は早速読んだ。それには、人を殺してしまったから至急来てほしい、と記してあった。

「なんだとっ」

平格の次に文を読んだ寿平の驚きは、ひとかたならぬものがあった。

「今度は、源内さんが人を殺しただなんて……。まさか、福助の無念を晴らしたわけではなかろうな」

「とにかく寿平、今はとにかく源内さんの家に行こうではないか」

「あ、ああ。そうしよう」

平格と寿平は、源内の小者とともに清住町の家に急いで向かった。

寒くてならなかったが、さすがに汗まみれになって清住町の一軒家に入ると、部屋の中にうつぶせてぴくりとも動かない男がいた。体の脇に、どろりと血だまりができている。

「死んでいるのか」

血だまりのそばに立ちすくんで寿平がこわごわという。

「ああ、死んでいるようだ」

かがみ込み、平格は体に触れた。

「まだあたたかいな。死んでから、さほど時はたっておらぬようだ」

死骸《しがい》の横顔は、平格の見知ったものだった。

「これは笠松克太郎どのではないか」

驚きの色を貼《は》りつけて、平格はいった。

「ああ、この男は確か慶養寺そばの道で襲ってきた者だな……。しかし、なにゆえこの男が源内さんの家におるのだ」

わけがわからないというように寿平が首をひねる。

「ところで、源内さんはどこにいらっしゃるのだ」

叫ぶようにいって、寿平が家の中を見回した。

「こちらです」

小者が、隣の間との境になっている襖をさっと開けた。

部屋の隅に源内がうずくまっていた。

「源内さん」

寿平が静かな声音で呼んだが、源内はぴくりとも動かない。

「どうしてこんなことになったのだ」

平格も源内にただした。だが、源内は黙りこくっているだけで、なにも答えなかった。

誰が通報したのか、北町奉行所の捕手がやってきた。捕手の同心は、平格の見も知らぬ男だった。

あっさりと源内は捕手たちに捕まった。

その様子を目の当たりにして、寿平は呆然《ぼうぜん》としている。平格も言葉をなくした。

「なんということだ」

そんなつぶやきが平格の耳に入ってきた。

その翌日には、殺人の廉《かど》で北町奉行所に引っ立てられた源内のことは、読売に大きく載った。

なにゆえ若い浪人を殺したのか、そのことは公にならなかった。

若い浪人は、源内が行った蝦夷《えぞ》探索の秘密を知りたがったから殺されただとか、源内の蘭画《らんが》の教え方がひどかったから殺されただとか、衆道《しゅどう》のもつれから殺されたのだとか、と噂された。

そして、ひと月後の十二月の十八日に小伝馬町《こでんまちょう》の牢《ろう》屋敷で源内は獄死した。

そのことはすぐさま公になり、江戸では大きな反響を呼んだ。

読売にもむろん載った。江戸の者たちはこぞって源内の死を惜しんだ。

江戸の者たちの嘆きぶりを見ると、さすがに源内は一世を風靡《ふうび》した才人だったといわざるを得なかった。


源内の死から数日後。

寿平を上屋敷の家に呼んだ平格は他言無用と断ってから、すべてを話した。

笠松克太郎には親しい者もいない。死んでも不審に思う者は一人もいない。

源内を殺して死んだことになった克太郎は、今は源内と行動をともにしている。

北町奉行の高岡伊賀守《たかおかいがのかみ》には、田沼意次から源内のことをすでにいい含めてあった。もともと高岡伊賀守は意次とは昵懇《じっこん》の仲である。

「いま源内さんはどこにおるのだ」

強い口調で寿平がきいてきた。

「田沼さまの領地におる」

「では、遠州相良《えんしゅうさがら》か」

「そうだ。源内さんたちは、相良で余生を暮らすことに決まったのだ」

「源内さんは、それを受け容《い》れたのか」

「自分のつくった薬で幼い子を殺してしまったことが、やはり大きく影響したようだな。すべてをなげうって、相良で暮らす覚悟をかためたようだ」

「ああ、そうだったのか……」

無念そうに寿平が黙り込んだ。すぐに口をとがらせて平格を見つめる。

「しかし月成さん、なぜ事前にそのことを教えてくれなかったのだ」

唾《つば》を飛ばして寿平が抗議してきた。

「秘密を知る者は少ないほうがいいからな」

さらりと平格は答えた。

「だが、俺と月成さんの仲ではないか」

「今はもうすべてのからくりがわかったのだから、寿平、よいではないか」

「いや、仲間はずれにされた気分だ。もう俺は一生、月成さんと口をきかぬ」

寿平が腕組みをしてそっぽを向いた。

こんなことをいっているが、寿平の機嫌などすぐに直る。

――いつか暇ができたら、寿平と一緒に相良に行ってみることにするか。

寿平に酒を勧めつつ、平格はそんなことを思った。

源内が死んでしまったのなら、季右衛門も殺し屋も矛をおさめるしかない。

そして、いつかきっと季右衛門の気持ちも変わるのではないか。

平格はそのことを期待している。

――しかし、源内さんに死んでもらうしかないでしょう、と重三郎さんから聞いたときにはびっくりしたなあ。だが、すべてうまくいった。さすがは蔦屋重三郎さんだ。頼りになる。

またいつか重三郎には助けてもらうことになるのではないか。

平格はそんな気がしてならない。

そのことは平格にとって、すでに楽しみですらある。

本書は、ハルキ文庫（時代小説文庫）の書き下ろしです。

時代小説文庫
す 2-33

蔦《つた》屋《や》重《じゅう》三《ざぶ》郎《ろう》事《じ》件帖《けんちょう》㊀ 江《え》戸《ど》の出《しゅっ》版《ぱん》王《おう》

著者　鈴《すず》木《き》英《えい》治《じ》

2017年 7 月18日第一刷発行
2024年 11月18日第二刷発行

発行者　角川春樹

発行所　株式会社 角川春樹事務所
〒102-0074 東京都千代田区九段南2-1-30 イタリア文化会館

電話　03(3263)5247[編集]　03(3263)5881[営業]

印刷・製本　中央精版印刷株式会社

フォーマット・デザイン＆シンボルマーク　芦澤泰偉

ISBN978-4-7584-4108-7 C0193

http://www.kadokawaharuki.co.jp/[営業]
fanmail@kadokawaharuki.co.jp[編集] ご意見・ご感想をお寄せください。